Contents

フィナーレは飾れない

第1章

奪われた想い

余命宣告

「もってあと半年でしょう」

医師ははっきりとそう告げた。その言葉に頭が真っ白になる。わかってはいた。最近の体調不良に、食欲不振。謎のふらつきに、目眩《めまい》、吐《は》き気、頭痛。食事は全く受け付けなくなっているし、ベッドから出られない日も増えた。だからこそ、理解していた。でも、だからといってこんなの。

「どうにか……できないのですか」

自分のか細い声が部屋に響く。髭《ひげ》を生やした医師はふむ、と診断書を見ながら首を横に振った。

「申し訳ありません。この手の病は、国内でも症例が少なく……」

「……」

目の前が真っ暗になった気がした。これも病気のせい？　それとも、ショックを受けているから？　クラクラして、わからない。医師の顔だってもうまともに見えていない。ぐにゃぐにゃに歪《ゆが》んで——ついで、視界が暗転した。

私の名前はアリエア・ビューフィティ。

今年の春に十六になって、来年の春には婚姻の儀を結ぶ予定だった娘だ。そして私はビューフィティ公爵家の一人娘である。

私の婚約者はこの国の王太子であり、私の幼馴染《おさななじみ》でもあった。

『アリエアが十七歳になったら結婚しよう』

そう拙《つたな》い言葉で結んだ約束は、果たされそうになかった。

十六になってすぐ、私は体調不良を覚えるようになった。目眩に、吐き気に、頭痛。食欲不振。体重もぐっと落ちてしまった。

それでも王太子の婚約者が病気だと噂されては公爵家の威厳に関わるからと、この件は両親によってひた隠しにされた。

私の病はただの気の弱さから来る情緒不安定だとお母様には詰《なじ》られ、お父様にはその精神の脆弱《ぜいじゃく》さを咎《とが》められた。私もまた、己の精神の弱さが問題なのだと信じ、心を強くするために聖書を繰り返し読んだりもした。

だけど結局、なにもよくならず病状は悪化。ベッドから出ることもままならない日が続き、パーティーの参加にも支障をきたすようになった。

たまに血を吐く日が続き、お母様のお小言の最中に気を失ったこともあった。

お母様はさらに私に強く当たるようになり、ついには精神科医を呼んだ。病状は『躁鬱《そううつ》』と診断され、その結果を手にお母様は私を殊更《ことさら》詰るようになった。

お母様に言われて聖書を読み込む毎日。だけどどんな徳の高いお言葉も神の教えを読もうと症状は一向に改善されなかった。

そんなある日、私は自分のこの症状が精神的なものからくるものではないのではないかと考えた。限界だった。さすがに私でも血を吐くようになればこれが心の病ではないことくらいわかる。そして私はリスクが伴うことを覚悟の上でメイドのクリスティに協力してもらい、伝手《つて》のある医者に密かに来てもらった。

その診察結果がこれだ。

『もってあと半年でしょう』

つまり、半年後には私は死ぬということらしい。

この結果をお母様に相談するか悩んだが、結局私は言わなかった。言ってもきっと信じてくれないばかりか、協力してくれたクリスティまで咎められる。それにどうあったって私の寿命はあと半年ほどしかないのだ。

病名は『魔力欠乏症』。実際に罹《かか》ったひとがいるとは聞いたことがないほど稀有《けう》な病気だ。そしてその治療法はいまだにわかっていない。その症状は名前どおり、魔力が消え失せ、そしてついには体力を維持することができなくなるというもの。命すら奪ってしまう病だ。

「……結婚、したかったな……」

ベッドに横になって訪れない未来について考える。目を閉じて、思い浮かぶのは婚約者のことだった。眩《まばゆ》い金髪に、太陽の光が反射する海面のような瞳。きめ細やかな白い肌に、細い腰。癖のある前髪に、少しだけ長い襟足。その手の優しさは、私だけが知っていた。

……そう、私だけが。

でも、これからは私じゃない人がそれを知ることになる。それがなによりも辛《つら》い。彼にも――フェリアル・リームア様にもこのことは言っていない。これは不敬だろうか。不誠実だろうか。でも、言えない。

「お母様は……」

お母様は。お父様は。私が死んだとなったら少しは悲しんでくれるだろうか。そんなありもしない未来を思い描いては少しだけ涙をこぼした。

……あり得ない。

あの人たちはいつだって自分の肩書きと世間体しか気にしていなかった。私のことだって王太子の妃にさせることしか頭になくて、私自身のことはいつだって見てくれない。必要なのは『王太子妃の娘』であって、それは私自身ではない。そんなのわかりきっていたことなのに、今更ながら悲しくなる。苦しくて、胸が痛い。これが病気のせいなのか、それとも心が苦しいからなのか、私には判別がつかなかった。

かつてこの世界には『守り神』というものが存在していた。と言っても、今から二千年も前の話だが。それはほぼ伝説になっていると言ってもいい。

私が持つ、摑むこの指輪――〝vier《フィーア》の指輪〟。

指輪の内側にvier《フィーア》と書かれているため、そう呼ばれている無色透明の指輪だ。この指輪と同じものが世界には三つあるらしい。

そしてその三つが揃《そろ》うと、守り神と呼ばれる存在が目覚めると言われている。

これもまた、あやふやな伝説だ。

だけど残り二つの指輪がどこにあるかは明らかにされていないし、この国にvier《フィーア》の指輪があることも公《おおやけ》にはされていない。

曖昧模糊《あいまいもこ》とした伝説ではあるがしかし、なぜかこの指輪を守ることが王族の務めとされていた。今は私が王太子の婚約者なので指輪を預かる人間となっている。

だけどそれも、ここまでかしら……。

首からさげているネックレスチェーンを取り出して指輪を見る。無色透明の指輪というのは珍しい。子供の頃は物珍しさで何度も見ていたが、さすがに十六年共にいれば見慣れたものだ。

だけどこの指輪とも、あと半年でお別れ。

「……幸せになってね」

それはこの指輪に向けた言葉なのか、婚約者に向けたものなのか。私にもわからなかった。

約束

「……アリエア？」

「！　あ、は、はい」

ふと昨晩のことを思い出していると、穏やかな声がかかった。それにハッとする。そうだ、今はフェリアル様とのお茶会の最中。

いけない、いけない、あと半年しかないのにぼーっとするなんてあり得ない。この一時《いっとき》一時を大切にしなければいけないのに。私に残された時間は少ない。

「……最近、よくぼーっとしているね。なにか、心配事でもあるのか？」

優雅に足を組み私を見つめるフェリアル様はいつものように優しい。そして、その優しさが今はひどく辛《つら》かった。好きであればあるほど、この結末が悲しくなる。

私は半年後には死ぬ運命にある。そしておそらく、それは変えられない。王族といえど魔力欠乏症だけはどうにもならないだろう。いまだに魔力の譲渡の方法など見つかっていない現代で、魔力が高い王族といえど治しようがない。

とはいえ、フェリアル様に秘密にしておくのは、はばかられる。

言うべき？　でも、言ったら間違いなく両親の知るところとなる。私はぐ、と拳を握った。

言いたい、言いたくない。でも、言いたい。心配させたくない。嫌われたくない。面倒に思われたくない。ただでさえフェリアル様はお忙しい身。私のことで煩《わずら》わせたくない。

ごちゃごちゃになった感情のまま、私は曖昧に微笑んだ。

「……いえ。なんでもありません」

「そうかな。顔色もあまりよくないみたいだけど」

「これは……昨日、つい夜更かしをしてしまって」

「アリエアが夜更かし？　珍しいね」

フェリアル様の言葉を聞きながら私は苦笑する。本当は夜更かしなんてしていない。顔色なんてこのところずっと悪い。ただそれを、化粧で誤魔化《ごまか》しているだけで。今日は少し化粧が薄いから気付かれてしまったのだろうか。気をつけなくちゃ……。

「フェリアル様……その、」

「ん？」

フェリアル様はティーカップを持ち上げて私を見た。その瞳の優しさに、あたたかさに、涙が出そうになる。本当はもっと一緒にいたい。言ってしまいたい。

でも、両親にも言っていないのに、先にフェリアル様に言ってしまっていいの？

言ったらきっとフェリアル様はなんとかしようとしてくれるだろう。あちこちに治療の方法はないか尋《たず》ねて、世界中の医療を確認するだろう。

そして、両親にもきっと話をするはず。そのとき、両親はなんて思うだろう。なんて言うのだろう。

両親は私が病気を患《わずら》っているなんて認めたくないだろう。王太子妃になるには健康は絶対条件だ。病気のことが露見したら婚約は破棄されるかもしれない。両親はきっと、病気だと認めないはず。

考えるだけで胃が重い。私はぎゅ、両手を握ったままフェリアル様に言った。

「……いえ、あの。そろそろ夏ですね」

「ああ……。うん、そうだね。そっか、もうそんな季節か」

フェリアル様は私の言葉に、今思い出したというような顔をした。あと一ヵ月もすれば夏になるだろう。そして、あと半年もすれば私は死ぬ。それを思うと胸が痛いが、これはどうしようもない事実であり、変えようがない。私はひたすら握る手に力を込め、手のひらに爪を立てた。そうでもしないと泣いてしまいそうだったから。泣いて、助けてと言ってしまいそうだ。

両親のことも、病気のことも、全て打ち明けてしまいたい。でも、それは許されない。私はビューフィティ公爵家の娘だから。公爵家の世間体がある以上、私はビューフィティ公爵家の娘としてそれらしく振舞わなくてはいけない。

気丈に、品よく、令嬢らしく。泣くなんてあり得ない。非常識だと後ろ指をさされる。ここにいるのは彼だけではない。まだ未婚である私たちがお茶会をするときは、いつも近くに侍女と侍従が控えている。私たちにプライバシーなどない。

「そうだ、アリエア。今度一緒にユエン湖に行こう」

「ユエン……湖ですか？」

ユエン湖とは国内でも屈指の観光地で、そして避暑にはもってこいの場所だった。確かあそこには王族の土地があったような……と思い出していると、フェリアル様が少しだけ眼を細めて笑った。

「そう。夏にはちょうどいいだろう？　元々行く予定だったんだけど、よかったらアリエアもどうかな」

「……！　ぜひ、お連れください。ありがとうございます、フェリアル様」

「うん、じゃあ来月あたりにどうかな」

その言葉に、私は少しだけ息を詰める。だけどそれを振り切るようにフェリアル様に微笑んだ。一ヵ月。あと一ヵ月後には、もっとタイムリミットが迫ることになる。私は取り繕った微笑みに気付かれないように殊更きつく手を握った。爪が食い込んで、痛い。だけどその痛みが私の苦しみを和《やわ》らげてくれる。

本当は、死にたくない。ずっと一緒にいたい、結婚したい。それが言えたら、どんなにいいか。

「……はい。ぜひ」

「アリエア様……。殿下には……」

　クリスティが後ろを歩きながら声をかけてくる。その問いかけに、私は思わず足を止めかけた。

「……言わない。クリスティ、あなたもわかってるわね」

　硬い声で言う。家の事情を誰よりも知っているクリスティは少し黙った後、

「……かしこまりました」

　とやや納得していなさそうな声で呟《つぶや》いた。気持ちはわかる。誰よりも私がフェリアル様に告げてしまいたい。わかって欲しい。知って欲しい。でもそれはできない。

　私は生まれたときから両親の言いなりだった。一人娘ということで、私の肩には多大な期待がのしかかった。フェリアル様と婚約して、王太子妃になることは両親にとって決定事項であり、それは揺るがない。

　幸いフェリアル様はいい方で、私も彼に恋をすることができた。だけど、もしこれが違う人だったら。私が違う人に恋をしたら、なんてことを考えるとゾッとする。私はマリオネットなのだ。口答えをしない人形。それが両親の見立てなのだと思う。

　口答えをすれば『品がない』と詰られ、母の意見を否定すれば『王太子の婚約者ともあろう者がなにを言うの』と怒鳴られた。

それでも昔はまだ自分の意見を言っていたと思う。私が自分の意見を言わず、自分を殺すようになったのは――。

今でも思い出したくない、嫌な過去。消し去りたくて、怖くて、恐ろしい。

お母様は私が反論するようになるとついには『お前を殺して代わりを立てる』とまで言うようになった。つまり、自分に従わない娘はいらないということだ。それでも私はそれを信じずに、お母様に逆らい続けた。そうすると、ある日お母様は私に言った。

『あなたのせいでメイドが一人死んだわ』

冗談だろうと思った。だけど、嘘ではなかった。

なかなか信じようとしない私にお母様は面倒くさそうな視線を寄越《よこ》して、使用人の一人になにかを持ってくるように言った。

使用人は布で包まれたなにかを持ってきて、それをお母様に差し出す。成人した男性の使用人ですら持つには余りある大きさの、円形のなにか。重たい色の布で隠されているせいかそれがひどく不気味なものに見えた。

それが一体なんなのか。私が考えるより早くお母様はそれを取り上げると、おもむろに私の足元に投げつけた。重たいような濡れたような音がしたのを、私は今でも覚えている。べちゃり、とも違う。ゴトン、とも違う。

なにかでべっとりと濡れた布は赤く染まっていた。そして、出てきたのは――。

「……ッ！」

　思い出して、吐き気が込み上げてきた。ついでに頭も痛い。まずい、これは発作だろうか。魔力欠乏症の発作。だけど王宮のど真ん中でうずくまるわけにもいかない。どうしようかと視線を巡らせると、ちょうど廊下の窓が目に入った。そっと窓に寄りかかり、息を整える。

　窓の向こうには庭園が広がっていて、そして窓ガラスには私が映っている。確かにフェリアル様が言ったように顔色は悪い。もう少し白粉《おしろい》を濃く塗ってもらえばよかった、と思いながら自分の顔を確認していて、ふと気がついた。

「あれ？　私、髪留め……」

　いつの間にか髪に飾っていた髪留めがなくなっていた。ぱっと髪を押さえるが、もちろんない。

　落としちゃったんだわ。でも一体どこに……。

　可能性といえば先ほどの部屋しかない。私は後ろを振り返ると、いまだに難しい顔をして考え込んでいるクリスティに声をかけた。

「ごめんなさい、私、髪留めを落としてきてしまったみたい。ここで待っててくれる？」

「！　そんな雑用、私が引き受けます。お嬢様は体が」

「大丈夫よ」

　言いかけたクリスティの口を止めるように私は割り込んだ。そしてクリスティを安心させよ

う と微笑む。ここは王城。どこで誰が聞いていないともわからない。

「それにあなた、ひどい顔色だわ。そんな顔でフラフラしてたら心配されちゃうわよ」

「ですが」

「大丈夫。すぐ戻るもの」

なおも言い募るクリスティにそう言い、私は踵を返した。

頭は相変わらずガンガンするし、胃もムカムカする。こういうときに限って血を吐くのだ。真っ赤な、鮮血の赤。血は嫌だ。いやでもあのことを思い出すから。私は両親のあやつり人形でいなくてはならない。言うことを聞いて、大人しくしていないと。でないとまた――、人が死ぬ。

あの日見た、初めて見た人間の生首。それは八歳の少女にはあまりにも凄惨《せいさん》で残酷すぎる光景だった。今でも夢に見る、残忍で理不尽な過去。夢の中で私はいつだって八歳の少女で、そしてお母様の言葉に逆らえなかった。

『いい、アリエア。あなたがわたくしに逆らうたびに、メイドが死ぬのです。わかりますか？あなたがメイドを――人を殺すのですよ』

それは八歳の幼い少女の、柔らかい心にはよく突き刺さった。刺さった言葉は大人になった今でも抜けないままだ。私が、殺した。私が、あのメイドを殺した。

首だけとなったメイドは、確かに見覚えのある人だった。何度か声をかけてもらったこともあり、明るくて朗《ほが》らかで、少し茶目っ気があったのを思い出した。

悪夢のようだった。いや、いっそ夢であったなら。


私は今下りてきた階段を上った。テラスはすぐそこだ。赤い絨毯《じゅうたん》が私の靴音を吸収する。

……だからこそ、フェリアル様も気がつかなかったのだろう。

不思議なことに、部屋の警備をする近衛《このえ》がいなかった。そして、もっとおかしなことに、部屋の扉が開かれたままだった。なんだか嫌な予感がして、私はさっと部屋に近寄った。どんなに急いで歩いても、やはりふかふかの絨毯は靴の音を吸収する。

私が扉に近寄り、中を見ると、

「……」

信じたくなかった。だけど、信じるほかなかった。

金髪がふわり、と舞う。それは決して見間違いなんかではなかった。

今さっき、私とお話ししていた彼――フェリアル様。彼は、そこにいた。

そして、それだけではなかった。その部屋にはもう一人、客人がいた。フェリアル様の陰に隠れて顔は見えない。だけど金髪の令嬢と思わしき彼女は、フェリアル様の背中に手を回して
――、

キスを、していた。

私は思わずふらついて、そしてそのまま倒れ込みそうになった。それほどまでに信じられない光景だった。目の前がクラクラする。いやに鼓動が速い。バクバクと音が鳴って、足が震える。逃げたい。そうだ、逃げなくては。瞬間的にそう思って、私はその光景に背を向けた。髪留めがどこに落ちてるかなんて、確認する間もなかった。

キスを、していた……。

私とフェリアル様は婚約者同士でありながら、キスをしたことがなかった。それについて私は、彼が私のためを思ってくれているからだと、私にペースを合わせてくれているのだと思っていた。

恋愛というのは人それぞれ形がある。たとえ進みが遅くても、これが私たちの恋愛なのだと信じていた。でも、そう。そうなのね……。

他に好きな人が、いたの……。

ショックでなにも考えられなかったけれど、そう思うと頭をガツンと殴られたかのように意識が鮮明になってきた。ツンとしたものが込み上げてきて、その場にうずくまりたい。そのままなにも考えずに壁に背中を預けて、叫んでしまいたかった。

タイミングが悪いというかなんていうか。神様がいるのならよっぽど私のことがお嫌いなんだわ。

だって、そうじゃなきゃこんなこと。

あと半年しか生きられないと告げられて、挙句《あげく》の果てには婚約者に心移りをされて。

私が今まで生きてきた十六年はなんだったのかと思う。たとえ親の傀儡《かいらい》とはいえ、フェリアル様の花嫁になれるのならいいと思っていた。それだけが、私の拠《よ》り所だった。でも、それを失った今、私はどうしたらいいの。

ふらふらと、どこをどう歩いてきたかはわからない。だけど無事にクリスティのもとに戻ると、クリスティは私を見て驚いた顔をした。

「大丈夫ですか……！　お嬢様、ひどい顔色です」

「……ねぇ、クリスティ」

クリスティは私を支えるように抱き、心配そうに見てきた。その瞳を見て少しだけ安心する。この人は、この人だけは私を心配してくれている。私のことを見てくれている。それがなぜか無性に嬉しくて、切なくて、悲しくて。

思わず私は涙が滲《にじ》むのを感じた。

それをクリスティに悟られないように俯《うつむ》いて、体調が悪いふりを装う。

「人は、なんで生まれてくるのかしら」

「……え？」

クリスティが戸惑った声を上げる。

それを聞いて、私はなにを聞いているんだとはっとした。こんなこと、クリスティに聞いても意味がない。咄嗟《とっさ》になんでもない、そう言おうとしたけれど、先にクリスティが答える。

「〝聖母神に望まれ、そして聖母神のために生きたもう〟。それが聖書のお言葉……ですよね？」

クリスティの言葉に、私は目を瞬かせた。

まさかそんな答えが返ってくるとは思わなかったからだ。私は思わずクリスティを見て、そして少しだけ笑った。拍子抜けしたというか。もっと違う意味で聞いたのだけれど……でも、今はクリスティのその言葉がありがたかった。もしそれで下手に慰めなんてされていたらきっと私、泣いていたわ。

「……そうね。そうだったわね」

そう言って私はクリスティから離れた。

余命を告げられた次の日のことだった。


フェリアル様と会った日以来、私の体調は一段と悪化した。

精神的なものもあるのかしら。だとしたら、フェリアル様への想いだけが私の心の拠り所になっていたというのは本当だったのかもしれない。

起きられない日が続き、お母様のお小言も増えた。

気だるくてふらつきもしたけれど、お母様に逆らえばまた悪夢が繰り返される。

無理をしてレッスンやお茶会、パーティーに勤《いそ》しんではまた、体調を崩した。

そんなある日、クリスティが私に言った。

「お嬢様。体調もよさそうですし、今日はお外に出ましょう。散策でもすれば気分も晴れますよ」

それはここ最近、落ち込んでいた私を励ましたくての提案だったのだと思う。そういえば最近、外に出ていなかったことに気がつく。お茶会やパーティーには参加していたものの、青空の下を歩いたのはいつが最後だったかしら……。

幸いにも今日はお天気で、そしてなんの予定もない。残り少ない人生だ。俯《うつむ》いてばかりでは勿体《もったい》ない。私は無理やりそう思いながらクリスティに笑いかけた。

「……そうね。行きましょうか」

そして、出かけた先で突然、馬車が何者かに襲われた。静かな草原。周りになにもない草原の中で、突然馬車が囲まれた。馬のいななきと護衛たちの怒号。そして剣戟《けんげき》の音が響く。

勝負はものの数分で着いた。

護衛も御者《ぎょしゃ》もいたはずなのに、あっという間に馬車は制圧され、馬車の扉が開かれた。

「……！」

眩《まぶ》しい光が馬車の中に入り込む。

外には、明るい青空の下には似合わない武装した男たちがいた。そしてみなが白い仮面を被《かぶ》っている。目と口の部分だけがくり抜かれた不気味な白い仮面の男たちは私を指さす。どうやら私がお望みらしい。

この男たちは誰？　どうして私を狙うの？

心当たりといえば、もちろんある。私は王太子の婚約者だ。だけど、だからこそ私の外出には腕利《うでき》きの護衛がつけられ、安全には配慮されていた。フェリアル様が直々に選んだ護衛だ。そう簡単に負けるはずがない。

だけど現に今、賊と思わしき男たちに囲まれている。そして、馬車の外にはおそらく護衛たちが倒れているのだろう。

……クリスティだけは逃がしたい。

そう思った私は、クリスティに囁く。

「……私が、敵を引きつけるから。その間に逃げて」

クリスティは嫌がった。だけど話し合っている時間はない。私は男たちが馬車の中から私を引きずり出そうとする手を振り払って、反対側の扉から飛び出した。幸い、外には誰もいなかった。

チャンスだわ！

私は馬車から降りると、そのまま走り出した。

仮面男たちの視線が私に集まる。怒号が聞こえ、足音がする。男たちが私を追いかけて、広い草原で追いかけっこが始まった。足がもたつく。もっと速く、もっと速く。動いて、お願い。今だけでいいから。

苦しい、呼吸が速くなる。視界が霞《かす》み、足が震えてくる。それは恐怖からか、それとも疲労からか。よくわからなかった。

後ろを振り返る余裕はない。だけどふと、後ろからなにかが飛んできた。それは私のすぐ右前に落ちた。……いや、突き刺さった。

見れば、それはナイフだった。男がナイフを投げてきたのだ。心臓が握りつぶされたように苦しくなった。知っている。私はこれを、恐怖だと知っていた。

「待て！　このアマ、クソッ、逃がすな！」

男の怒号が響く。

クリスティが気になってちらりと後ろを見れば、既《すで》に馬車の周りには誰もいない。よかった。どうか、今のうちに逃げて。

そう思い、できるだけ時間を稼ごうとしたが、パニエで膨《ふく》らんだ重いドレスでは無理があった。いや……元から、病に侵されたこの体で逃げようなんて、無理に決まっていたのだ。

病魔の巣くう私の体は少し走っただけで血を吐いた。咳をすると、手に赤が付着した。それを見て、思わず手を睨《にら》んだ。こんなときだというのに、私の体は役に立たない。

そう思って、気がそれたからだろう。ぐらり、とバランスが崩れる。咄嗟に体勢を整えようとするが、無理だった。ぐきり、と変な方向に足首が曲がった。

「痛ッ……！」

そのまま止まったのが運の尽きだ。僅《わず》かな隙を見逃してくれる相手ではない。あっさりと私は捕まった。摑まれた手首を、軋《きし》むほどに握られる。万力《まんりき》のようで、痛い。

「っ……!!」

でも、こんなところで捕まってたまるか。せめて、せめてクリスティが逃げ延びる時間くらいは稼がないと。手足を振り回して、髪を振り乱して、とてもじゃないが令嬢らしくない暴れ方をした。さすがの暴れように男が乱暴に言い放った。

「クソッ、暴れるな！　このアマ……！」

無我夢中でなにが起きているのかわからなかった。だけどチリッとした痛みが首筋に走ったのがわかった。おそらく、切られた。

だけどもうどうせ、どうにもならない。

こうなった以上、私は殺されるだろう。身代金目的の誘拐の線もあるが、用が済めばだいたいは殺される。そんなものだ。

それにどちらにせよ、半年後には死ぬ身だ。

死ぬのが早いか遅いかの違い。

もう、いいか。

もう、どうでもいい。

もとより生きている意味なんて消え失せた。

無我夢中で壊れた人形のように暴れていると、男が口汚く私を罵《ののし》った。野太い声が響き、突如、頭を掴まれたかと思うと重たい音がした。

「――!?」

顔回りがすっきりする。それと同時に、肌になにかさらさらとしたものが触れて落ちていった。

――髪の毛だった。

私の髪が、切られたのだった。無残《むざん》に切られた銀髪がふわりふわりと風に乗って飛んでいく。

それを目で追って、どこか、肩の荷が下りた気がした自分がいた。

子供の頃から伸ばしていた腰までの銀髪。

少しでも女の子らしくなるように、フェリアル様に素敵だと思われるように。髪の手入れを欠かしたことはなかった。

十六年、ずっと大切にしていた髪。

それがあっさりと切られて、風に飛んでいく。

まるで私の気持ちごと切られたかのように。それを見ながら、私はふと思い出した。

そう言えば、フェリアル様はユエン湖に行こうと言っていた。私も、ぜひ行きたいと言った。

約束、守れなかったわね……。

このときになっていまだに、私はフェリアル様への気持ちを捨てきれていなかったことに気がついた。それがバカらしくて、悲しくて、哀れで、少しだけそんな自分を笑った。

粗野な手が私を草原に押しつける。力加減など一切してないせいで首も足も、体全体が痛い。

もしかしたら折れているかもしれない。

最後に目に入ったのは、皮肉にも綺麗《きれい》な青空だった。


冷たさに目が覚めた。

体の芯《しん》が凍えるような冷たさ。頭が痛い。

ここはどこ？

すぐに頭を動かすが、薄暗い室内だということしかわからなかった。手足は縛られている。

私は椅子に座らされているようだった。顎《あご》になにかが滴《したた》り落ちてきて、そこでようやく私は水をかけられたのだと気がついた。

顔を上げるとそこには頭から黒いフードを被った、男なのか女なのかわからない人物がいた。

その人物は手にしていた水がめを捨てると、剣を抜いた。

剣先がぴたりと私の首筋に押しつけられる。切られているのか、押しつけられているだけなのか。冷たさで麻痺していてわからない。

「ようやくお目覚めですか」

「……目的は、なに？」

思ったよりも掠《かす》れた声が出て、私が一番驚いた。ぽたぽたと前髪から水が滴り落ちる。

声を聞いても男か女かわからない。男と言われれば男のような気もするし、女だというのならそのような気もする。

そんな、得体の知れない声音だった。

その人物は私を見るとニッと口元を歪《ゆが》めた。フードを被っているせいで顔立ちはおろか年齢すら推測できない。グッ、と首筋に剣が押しつけられる。じわりと首元が濡れた。おそらく血が出たのだろう。

痛みなんて、感じないわ……。

緊張か、恐れか、冷たさで神経が麻痺しているのか。

「これは、王太子からの命です」

「……は？」

目の前の人物はそれらしく言うと、おもむろにポケットからなにかを取り出した。そして剣を握っていないほうの手で私にそれを見せつけてくる。

暗闇の中、見えにくいがその紙はなにかの契約書のようにも見えた。

「これは……」

「殿下からのご命令ですよ。ほら、右下にも王族の封蝋《ふうろう》が押されている。あなたならわかるでしょう」

「……」

薄暗い中、目を凝《こ》らす。

そして息を呑《の》んだ。この人物の言うとおり、確かにそれは、王族の封蝋。王族が公的な書類を書くときにのみ使われるもの。長年見てきた私がそれを見間違えるはずがない。この特徴的な薔薇の模様に細かい飾り。間違いない、間違いないわ……。

どくり、と心臓が震えた。待って、それじゃあ……ここに連れてこられたのはフェリアル様の思し召し？　いや……全て彼の計画ということ？

「ど、ういうことなの……」

掠れた声で問いかける。

頭がガンガンする。今更ながら手先が震えてきた。水をかけられたせいだろうか。いや、室内の気温が低いせいだ。ひんやりとした空間の中、体温がどんどん奪われていく。おそらく何回も水をかけられたのであろうドレスはすっかり水分を含み、それは下着も同様だ。震えが止まらない。だけどそれは、間違いなく寒さだけのせいじゃない。

「殿下は、こう仰《おお》せでしたよ」

目の前の人物はその書面をぐしゃりと握りつぶした。そして、それを後方に捨てる。それを見ながら、私は唇を噛んだ。

「アリエア・ビューフィティとの婚約を破棄する、と」

言葉が、耳を滑っていく。

破棄？　どうして？　なぜ？

わからない。情報が不足している。私は縛られたままの手をぐっと握った。とたんに腕に痛みが走る。乱暴に摑まれたり組み伏せられたりしたせいだろう。もしかしたら本当に折れているのかもしれない。

そんなことを呆然《ぼうぜん》と思いながら、私は呟《つぶや》いた。

「破棄……？」

「そうです。なんでも、王太子殿下には好きな方がいらっしゃるようですね」

「好きな、ひと……」

思い出すのは先日のお茶会のことだ。

あのとき、戻った私は見てしまった。フェリアル様と、見知らぬ令嬢のキスシーンを。あのときのことを思い出して思わず歯を食いしばる。

胸が熱い。泣きたいのか、叫びたいのか、笑いたいのか、もうよくわからない。ただただ理不尽な感情が巻き起こって、私は息を殺した。

「そして……命令が下りました。アリエア・ビューフィティ。あなたを始末しろ、というね」

「し、まつ……？」

もう笑ってしまいたかった。

始末しろ、とはそういうこと、よね？　私を、殺したいということ？

フェリアル様はそこまで私を憎んでいた？　私とユエン湖に行こうと言っていたのは全て嘘だった？

いつから？　いつから彼は私を嫌っていた？　憎んでいた？　それとも、恨んでいた？

私だけが気付かなかったの？　ねぇ、どうして――。

「……っ」

泣いてしまいたかった。いっそ、泣けたら楽だろう。だけどどんなに胸が痛くても、苦しくても、潰れそうでも、涙はこぼれなかった。それより手首を縛りつけた麻縄が食い込んで痛くて、頭がクラクラする。笑えばいいのか、泣けばいいのか、はたまたバカにされたと怒ればいいのか。

「まあ、ですが。それもお可哀想だと私は思いましてですね？　まだアリエア様はお若いようですし……」

その言葉に苦い笑いが浮かぶ。

同情しているつもり？　私に？

余命が半年しかないと告げられた挙句、婚約者には心変わりをされ、捨てられ、殺害命令まで出された哀れな女に情けでもかけてくれるのかしら。

バカみたい。全て、笑ってしまいたくなった。どうでもいい。なにもかもが。どうせあと半年で潰《つい》える命だ。もう、どうだっていい。

死んでしまいたい。もう未来に希望なんかない。もうなにもかも嫌だ。嫌になってしまった。

生きていたくない。

ああ――――。

そうだわ、生きるのが辛いって、こういうことを言うのね。

私は今、逃げを選択しようとしている。だけどでも、仕方ないじゃない。それ以外方法なんてない。もとより命の期限が決まっていて、そしてその先に未来はない。

「……私をどうするの？」

「まず、アリエア様はここで死んだことにしましょう」

その言葉に少しだけ驚いた。

この人、私を助けようっていうの……？

顔を上げると、その人物はちゃっと剣を引いて、それを鞘《さや》にしまった。

痛みはもちろん、頭痛すらももう感じなくなっていた。それは症状が悪化しているからなのか、緊張しているからなのか、恐怖のせいなのか。

その人物はパンッと突然手を叩いた。静かな空間に音が広がっていく。音の広がり方からして、どうやらここは随分《ずいぶん》広い室内らしい。

「……さて、これからのあなたはただの娘です。なにもない、ただの村娘。頑張って生き延びてください」

「……?」

その言葉に違和感を覚えたとき、突然目の前の人物が私に近づいてきた。そして、私の顔に布をかけてくる。クラッとするような甘い香り。目眩がしてきて、その甘い匂いにむせ返りそうになる。だけどだんだん頭がぼーっとしてきて……そこでまた、私は意識を失った。

裏側

「アリエアが死んだなんて、そんなの嘘だわ!!」

いきり立って夫人が席を立つ。それを静かな目で見ながら私はさも残念そうに話した。

「いいえ、奥様。残念ながら本当のことです……。アリエア様は馬車の中で爆発に巻き込まれました。生き残っておられる可能性はないかと……」

「護衛はッ！　護衛はなにをしていたの!!」

金切り声を上げて夫人——ビューフィティ公爵夫人が扇《おうぎ》をばしっと手に打ちつける。ビューフィティ公爵は椅子に座り深く考え込んだままだ。まるで対照的な二人の様子を見ながら、私はまたしても涙を滲《にじ》ませる演技をした。

「そ、それが……護衛も巻き込まれたようなのです……。なにせ突発的な事故でしたので」

「事故!?　そんなの信じないわ！　アリエアは王妃になる娘なのよ!?　そんなこと、そんなことあるはずがないわ！　ねえあなた！」

「え？　あ、ああ……。そう、だな……。アリエアが死んだとは思えない。もう一度よく捜索して……」

ビューフィティ家にこれ以上ないくらいの混乱が広がる。

そう、いいわ。

もっと混乱して、困惑して、噂を広めればいい。アリエアが死んだと噂になれば、それは即《すなわ》ち真実となる。誰も本当のことなどわからない。当のアリエアがもうこの世にはいないのだから、いくら捜したって見つかるはずがないのだ。

行方不明の公爵令嬢には懸賞金がかけられたりして捜索されるだろう。

でもそれは無意味。なぜならアリエアは既に死んでるのだから。

私は口角が上がりそうになるのを必死に堪《こら》えた。死体は見つからないだろうが、ずっと行方不明が続けばそれは事実上死んでいることと変わらない。王族だってさすがに長年行方不明の公爵令嬢を王太子の婚約者にしておくことはないだろう。舞台は整った。あとはうまく転がり落ちるよう、誘導するだけ。

だからこそ、まずはその噂の種を蒔《ま》かなければならない。この公爵夫妻にはうまい具合に踊ってもらおう。私は泣いているふうを装って顔を手で覆《おお》った。そして声を震わせながら言う。

「ですがっ……あの爆発ではきっとお嬢様も……」

「……わからないわ。アリエアは王妃になる娘よ。そんな簡単に死んでたまるものですか」

相変わらず、ビューフィティ夫人の頭には娘を王太子妃にさせることしかないようだ。

アリエアの心配というよりも、王太子妃になる予定だった自分の娘が死んだかもしれないことをなによりも恐れているようだった。わかってはいたが、ここまでだと滑稽《こっけい》でもはや笑えてくる。オペラかなにかで演じればいいのに。題目は『仮面夫婦』なんてどうかしら。

本当に大切なのは肩書きだけ。世間体だけ。なによりも自分のことが好きなこの夫婦にはぴったりのお題目だろう。

そんなことを考えたせいで、笑いが込み上げてきた。やだ、笑っちゃダメよ私。こんなところで笑ったら全てパーだわ。

そう思って堪えていると、ふいに夫人が名案を思いついたかのように言った。

「……そうだわ、代役を立てましょう」

「!?　奥様、なにを……？」

困惑した声を私が出せば、夫人はにこりと笑って畳んだばかりの扇を広げた。そして扇で顔を半分隠すと優雅に微笑む。まるでとびきりの案を思いついたかのような顔だ。

「アリエアは死んでいません。アリエア・ビューフィティは死んでいないのよ」

「……奥様、それはまさか」

まさか、そこまでとち狂ってるのかよ、この女!?　そう思って慌てて聞く。公爵はそれを聞いて、一つ頷《うなず》いた。

「……そうだな。それがいいかもしれない。とにかく、アリエアを死なせさえしなければいいんだ」

信じられない……。

クズな野郎どもだとはわかっていたけど、まさかここまでクソ野郎だとは……。仮にも娘が死んだのよ？　それで、言うことがそれ？

私は目眩を覚えそうになった。しかも、この展開は最悪だ。私が狙っていたそれではない。

どうやってこの流れを変えようか――。

そう思ったときだった。外からノックがされる。

公爵が僅かに腰を上げ、入室を許可する。入ってきたのは新人の侍女だ。彼女はどこか狼狽《うろた》えた様子で公爵の傍《そば》に寄った。

あの女、いつもオドオドしていて、しかも地味で嫌いなのよね。そのくせお嬢様付きの侍女になりたいだなんてバカ言うものだから、洗濯メイドに推薦してやったわよ。結局侍女見習いに落ち着く結果となったけれど。ことが思うように進まない苛立《いらだ》ちに内心歯噛みする。

そんなことを思っていると、報告を聞いた公爵が驚きの声を上げた。

「殿下が……!?　い、今いらしてるのか」

「は、はい。どうやら情報が伝わってしまったらしく……」

「クソ！　これじゃあ代役を立てるのは無理だ！　くっ、どうする？　アリエアは誘拐されたことにして、代わりの娘を連れてくるか？　それとも養子を取ってそれを王太子妃に……」

ブツブツと呟《つぶや》きはじめた公爵に、地味な侍女が困惑したような顔で夫妻を交互に見ている。

わかってはいたけど、やっぱり王太子妃の親という立場にしか興味ないのね。こいつらは。

揃いも揃って、バカみたい。

だけど一番バカなのはそんなのに踊らされたアリエアお嬢様。

なんだか悲劇のヒロインぶって世を儚《はかな》んでいたけど、私からすればアレが一番のバカ。

行動力もないくせに世を儚んで恨みつらみだけはたくさん言うのよ、ああいうタイプって。

あの女が生きていていいことなんてこの世にはなにもないんだから、早いところ死んでくれて助かったわ。

それに王太子の来訪は予想外だが、この展開は悪くない。とにかくアリエアが死んでいることがあの王太子に伝わればいいんだもの。

「とにかく殿下をお待たせすることはできません。お通ししなさい」

夫人がそう指示し、地味な侍女はすぐさま部屋を出ていった。そして夫人がちらりと私を見る。扇で顔を隠しながら厭世的《えんせいてき》に笑う。

「……わかってるわね、あなた。余計なことは言わないように、ね？」

「……はい」

夫人の言葉にそれらしく頷く。

脳内腐ってるんじゃないか？　この女。

夫人がなにを考えているかは知らないけれど、なにかしらの筋書きがあるのだろう。でも残念ね。それなら私のほうがもっと前から用意していたわ。そんなことを考えているうちに、またしてもすぐに扉が開かれた。

眩《まばゆ》いばかりの金髪に、翡翠色の瞳。はっと目を奪われるほどの気品。

それらの全てが、王族であり王太子である彼にしか持ちえないものだ。

とはいえ、私の立場では殿下をジロジロ見ることは許されていない。私は頭を下げて殿下の言葉を待つ。

殿下は室内をぐるりと見たようだったが、やがて私のほうに向かって歩いてきた。

「……きみかな」

目の前に磨《みが》き上げられた質感のある靴が現れる。それを見て、王太子が私の前に立っているのだと知る。私は頭を下げたまま、殿下の言葉の続きを待つ。

「アリエアに……彼女になにがあったか教えて欲しい。――クリスティ」

殿下は私の名を呼んだ。

それは顔を上げてもいいという意味。私は礼儀に則《のっと》って恭《うやうや》しく顔を上げ、もう何度も繰り返したホラをまたしても吹いた。

「お嬢様は……アリエアお嬢様は、久しぶりに散策がしたいと仰せでした。そして……あの草原に着いたのです。まず周りに怪しい者がいないか、私が確認することになりました」

「……それで？」

「結果、特に怪しい者は見当たりませんでした。すぐに馬車に戻って、わた、私は……お嬢様にお伝えしようと……。そしたら、」

声を震わせながら、手をきつく握る。そういう演技だから。

私は哀れで可哀想なアリエアの専属侍女、クリスティ・ロードだ。

あのバカな女、最後まで私を信じていて本当に滑稽だったわ。私一人を逃がそうだなんて、その甘い考えに反吐《へど》が出る。ああやって誰にでも甘いからあの女は自立できないしこのクソ夫婦の傀儡の立場から逃れることもできなかった。

「本当に……」

バカな女。

惨《みじ》めで哀れで、その分独りよがりで。なんのために生きているかわからない哀れなお嬢様。

だけど悲劇のヒロインには相応《ふさわ》しい最期じゃないかしら？

どうせ最期も世を儚《はかな》んで迎えたんでしょうよ。

全く、この舞台設定を整えた私に感謝して欲しいくらいだわ。

油断すると今にも笑い転げてしまいそうで、私は唇を噛んでなんとか堪えた。王太子がいる今、少しのミスも許されない。

もし企みに気付かれれば計画は全ておじゃんだ。私は哀れな侍女を変わらず演じ続ける。

「残念で、残念で、なりません……。どうして私が生き残って……！　お嬢様が……うっ……！」

私が声を震わせて続けると、部屋の中ですすり泣く声が聞こえてきた。見れば他の侍女たちだ。正直その泣き声はうざったいし不快だし、なにを悲しむことがあるのかわからないけれど。

でも今は場を彩《いろど》るちょうどいい飾りだ。

「……そう。ちなみに、アリエアの乗っていた馬車は謎の爆発を起こし、原型を留めないほどに崩れた。その報告も、間違いない？」

「は、はい。一瞬のことでした。わた、私……」

「それで、どうしてきみは一人で確認に行ったのかな。普通、護衛がもう一人付き従うんじゃない？　それに、侍女一人というのも気になる。……馬車でアリエアとなにがあった？」

まさか怪しんでいる？

この私を？　哀れな侍女を？

とはいえ、怪しまれる要素があるのは事実だ。私は兼ねてから考えておいた答えを口にする。

夫妻にも聞かれるだろうと思ったが彼らはアリエアの生死にばかりこだわっていて犯人探しや状況になど全く興味がないようだった。

「私は武術にも覚えがあります……。アリエアお嬢様との外出ではいつも私が確認しに行っておりました」

「……そう」

それだけ言うと、王太子は背後を仰いだ。その後ろにいるのは薄い水色の髪を横で束ねた中性的な男性だった。確かこの人は王太子の側近……。名前はなんだったかと思い出していると、殿下がその側近からなにかを受け取った。

「……アリエアが出かけたのは西部のほう。L65、H135のレトリア領付近の草原で間違いない？」

ピンポイントで私たちがいた草原の場所を言い当てる。

殿下は受け取った紙を見ながら私に聞いてきた。それは報告書のようだった。

そんな細かく報告した覚えはない。

こんな短時間に正確な場所の確認まで一体……誰がやったというの？　私ですら把握していない地図上の正確な位置。一体誰が……。

悩んでいると、ふいに夫人が席を立った。そして扇を閉じながら震えた声で王太子に縋《すが》った。

「殿下！　アリエアは生きております、ですので、ですのでどうか……!!」

続く言葉は『婚約破棄をしないで欲しい』という内容だろう。屋敷の者なら誰でもわかる。

殿下はそれを聞き、頷くだけで返した。そして、私に言う。

「クリスティ、きみはアリエアは生きていると思う？」

「え」

まさか私に聞かれると思わなかった。

どう答えるべきか。私としては王太子にはアリエアが死んでると思わせたい。しかし夫人の視線が厳しい。ここは『生きていると思います』と言わせたいのだろう。夫人にとってアリエアが死ぬことはこの家の未来が消えるのと同義。

私は悩みながら俯《うつむ》いて、口元を覆った。

「残念ながら、お嬢様は……」

夫人の視線が鋭くなった。もし視線で人が殺せるなら私は既に死んでるわね。これは。

私の言葉を聞くと、王太子は少し悩むようにしながら振り向いて、ずっと黙り込んだままの公爵に問いかけた。

「そう……。では、公爵。あなたの意見は？」

「もちろん……。アリエアは生きていると思います」

「そうだね。私もそう思う。……なにより、指輪は回収されていない」

そのときになってようやく王太子は自分の意見を言った。

いや、そもそも……指輪？　なんのこと……？

あの女は元々あまり指輪をしない人間だった。だから昨日の散策のときも、もちろん指輪などしていない。私が支度の手伝いをしたのだから間違いない。そう思って思わず眉を顰《ひそ》めてしまう。そしてハッとする。王太子が私のことを見ていたのだ。慌てて俯《うつむ》いた。

「……アリエアには王太子の婚約者の証《あかし》として、指輪を渡している。とても貴重で――そして、大切なものだ。馬車の爆発が起きたという草原で指輪が落ちていないか捜させたが、なかった。

あれは爆発ごときで溶けるものじゃない。つまり――アリエアは生きている」

……可能性がある、というだけの話だけどね、と王太子は続けた。そして手に持っていた書類を畳みながらまた言葉を重ねる。

「私は、彼女が生きていることを信じたい」

「……!!　ですが、あの爆発事故では……」

「きみ、アリエアの侍女だよね？　アリエアが生きているかもしれないと聞いて、嬉しくはないの？　それとも、アリエアが生きていては、なにかまずい？」

「!!」

ふと、鋭い視線が私を射貫《いぬ》く。

まるで氷のように冷たく、鋭利なそれ。

思わず息を呑んだ私に、王太子は一拍置いてふわりと微笑んだ。それはまるでおとぎ話に出てくる王子のようだった。

「なんてね。きみの話はだいたいわかった。だから、もういいよ」

「でん、か……」

「さて、公爵。そういうわけだから私は、アリエアはまだ生きているとして話を進めたいと思う」

殿下はそれきり私に興味を失ったがごとく、背を向けた。やってしまった。やってしまった……やってしまった!!

つい焦《あせ》って、言ってはいけないことを思わず言ってしまった。

私はアリエアの侍女だ。アリエアのためを思って言葉を重ねなければならなかった。クソッ
……こんなところで失敗してたまるものですか……!

どうせあの女は死んでるのよ。捜したって、どうせ見つからない。王太子もじきにそれがわかる。

……そうだわ。指輪、指輪って言ってたわね。

どこにつけてるのか知らないけど、死体を探ればなにかしら見つかるでしょ。それにいざとなったら死体を運んできてもいい。そうだわ、それが手っ取り早い。私はそう思いながら、口角が上がりそうになるのを必死で堪えた。

指輪の回路

「殿下、どうなさいますか」

王城へと戻った王太子の後ろをその側近・ロイアは追う。淡い水色の長髪を右に寄せ、一つにまとめた彼はさながらなにかの精霊のようにも見える。端的に言えば彼は女顔だった。しかし背だけは無駄にあるので、その違和感が拭《ぬぐ》えない。

王太子は後ろから問いかけられた言葉に、僅かに足を止めかけた。だけどそのまま先を進む。

「どうもなにも、決まってる」

「……それはつまり、」

「アリエアは生きている。指輪が戻ってこないのがなによりの証拠だ」

「……指輪は次の守り人を選び、そしてその者の生涯に寄り添う。まさかこんなおとぎ話のような話が本当だとは、誰も思いませんね」

ロイアの言葉に王太子はなにも答えなかった。

アリエアが持つvier《フィーア》の指輪、あれは持ち主を選ぶ。そして、選んだ持ち主の人生に添い遂げると、次の守り人を選んではまたその者の傍につく。

それは何者にも変えることのできないvier《フィーア》の指輪の回路だった。

「次、選ばれるとしたら王妃《ははうえ》か……」

王太子が小さく呟《つぶや》く。王族にしか持つことを許されていないvier《フィーア》の指輪。だけどそれは女性に限られた話だ。この情報は指輪の秘密を知る者の中でもさらに限られたものにしか知らされていない。

そして、その指輪を守っていた……というより、ずっと持っていたのがアリエアだ。

そのアリエアの元から指輪が戻ってきていない以上、アリエアはまだ生きているということ。

「……ともかく、種は蒔いた。あとは向こうがどう出るか、だが……」

王太子はなおも続けて話す。

ロイアは王太子の後ろ姿を眺めながら、先ほど届いた書簡の内容を王太子に伝えるべく口を開いた。

「殿下。ヴィアッセーヌ家から茶会の誘いが来ています」

「……こんなときによく、私にそれを言えたものだな」

王太子の声が僅かに低くなる。だけどそれで怯《おび》えるロイアではない。なにより、この王太子との付き合いはもうかれこれ十年以上になる。とはいえ、怖くないわけではないのだが。胃がキリキリと痛むのを感じる。ああ、薬が欲しい。

ロイアは内心そう思いながら言葉を続けた。

「それが、火急の用とのことでして……」

「お前が対応すればいいだろう」

しかしこれにも素っ気なく返される。

だけどこれも仕方ないとロイアは思った。なにせヴィアッセーヌ家といえば、この前いきなり王城に押しかけてあまつさえ王太子に抱きついてきた非常識な娘の家。これが王族との関係も深いヴィアッセーヌ伯爵家でなければ出禁を食らっているだろう。

ヴィアッセーヌ家は二代前の当主――ヴィアッセーヌの令嬢から見たら祖父にあたる男が、王族にかなり尽くした功がある。その関係もあり、王族といえどヴィアッセーヌ家は軽く扱えないのだ。それがまた、王太子の悩みの種になっていた。

前触れもなくいきなり登城した挙句、部屋に押しかけ迫ってくるなど、どこをとっても頭が痛くなる行為だ。幸いにも、部屋と言っても王太子の自室ではなくテラスであったことだけが救いだ。

いくら王族との関わりが深い伯爵家だろうがやっていいことと悪いことがある。伯爵家には厳しい注意が行き、今後令嬢が王城に来るときは必ず伯爵が付き添うように、という命も新たに下った。

とはいえ、タイミングが悪すぎるんですよね……。

ロイアはそう思った。折しもそれはアリエアとお茶会をしたすぐあとのことで、しかもそのあとからアリエアの様子はおかしくなった。

やれ、体調不良だの、他に予定があるだの、寝込んでいるだの。ついには突発的なお出かけさえ理由にして王太子との予定を断っていたアリエア嬢。社交パーティーや公的な茶会があるときは顔を合わせていたようだが、それでもその様子はあまりよくないと見えた。

アリエアを一心に想っている王太子としては気が気じゃなかっただろう。実際、その間の王太子の機嫌はあまりよくなかった。もとより顔に出にくいところと、ポーカーフェイスが板についている王太子の表情の機微《きび》に気付いたのはおそらく自分だけだろうとロイアは思う。

僅かな目の伏せ方や、視線の流し方、仕草の一つ一つは優雅に見えながらもその実冷たく、鋭利だった。さながら抜き身の刃のようだ。

ロイアは痛む胃を押さえて考える。

これでもし、『第二妃へ召し上げる嘆願文が届いている』なんて言ったらもっとお怒りになるだろう。しかしこれがロイアの仕事だ。どうあっても伝えなくてはいけない。ああ、胃だけでなく頭も痛くなってきた。

ただでさえアリエア嬢が失踪して王太子の心中はひどいものだろう。

それを助長するような真似など、本当ならロイアはしたくなかった。だけど、仕方ない。

「殿下……」

「なにかな」

「あの……ヴィアッセーヌ家よりもう一つ、嘆願書が来ております」

その言葉にぴくりと王太子の手が動いた。おそらく内容についてだいたい予想がついたのだろう。

そんな会話をしているとようやく王太子の自室が見えてきた。扉を守る衛兵が頭を下げ、部屋の扉を開ける。

王太子はそのまま自室に入ると、ソファに腰掛けた。

「それで？」

ロイアはその脇に立って、一番言いたくないことを口にする。

「ミリア・ヴィアッセーヌ嬢を、ぜひ第二妃にと……」

恐る恐る告げるが、しかし王太子の表情に変化はなかった。王太子は無表情でそのまま足を組む。そのとき、コンコンと扉が叩かれた。

お茶の用意ができたらしい。侍女が部屋に入ってきて、紅茶の入ったカップをテーブルの上に並べていく。優しいハーブの香りが萎縮《いしゅく》したロイアの精神を僅かに揉んでいく。

「それで？」

「えっ……？　は？」

「だから、なに？」

王太子は短く言うとカップを手に取った。

そのときようやくロイアは気がついた。王太子は無表情なのではない。ものすごくキレているのだ。怒りを通り越して無表情になっている。それに気がついて、ロイアの胃はまたしてもしくしくと痛み出した。

「え、いや、ですから……」

「嘆願が来ていた？　だから、なにかな。私に第二妃を娶《めと》れと言いたいのか？」

「いや、そんなつもりは」

「わかっているよね、ロイア。私が望むのは彼女だけだ。妃は一人でいい。……それをわからないとは言わせないけれど」

「……知っております」

ため息を吐きながらロイアは言葉を返す。

いささか心臓の縮む思いをしたがこれで返答は得られた。ヴィアッセーヌ家には丁重にお断りの文をしたためよう。

ロイアはそんなことを思いながらふと、考えた。

「……アリエア様は生きてらっしゃるのですよね？」

「そうだよ。さっきも言っただろう」

「では……どこにいるんでしょうね」

聞くと、王太子はまた黙ってしまった。

しまった、これは王太子が一番気にしていることだ。配慮に欠けていた、とロイアは前言撤回しようとした。だけどそれより先に王太子が口を開く。

「……情報を探るしかないな」

「情報、ですか」

「ああ」

王太子はカップをソーサーに戻しながら背もたれに体を預けた。そして僅かに目を細めながら言葉を続ける。

「アリエアのあの髪の色は珍しい。目撃者を探せば必ずアリエアにたどり着く」

「……恐れながら、殿下」

「なに？」

ついには端的に返されるようになったロイアは、いい加減限界を感じていた。限界、というのはもちろん王太子のことだ。これ以上話を広げるべきではないのかもしれない。ただでさえ多忙な王太子にこれ以上精神的負担はかけられない。それでも。それでもロイアは王太子に聞かねばならないことがあった。

ロイアは静かに、そしてしっかりと王太子に問いかけた。

「万が一……もしも。アリエア嬢がそのとき……王太子妃として、そして王妃として相応しくないようになっていた場合、殿下はどうされるおつもりですか」

言葉を発した瞬間、部屋中に刺さるような殺気がみなぎった。だけど、どうしても聞いておかねばならないことだ。アリエアは現状誘拐された可能性が高い。その場合、なにがあってもおかしくない。アリエアが万が一、清い身ではなくなっていた場合。王太子妃として相応しくない状態にあった場合――。

王太子はどう出るのか。こればかりは、王太子の側近であるロイアは知っておかなくてはならない。ピリピリとした刺すような殺意に揉まれながら、それでもロイアは王太子から視線を外さない。

王太子はカップに浮かぶ紅茶の波紋を見ながら、ふと笑った。

ゾッとするような美しい笑みではあったが、同じくらい恐怖を感じた。

「なにも変わらない。……知っているよね、ロイア」

「……かしこまりました」

その短い言葉に、重たい意味が込められているのをロイアは知っている。

つまり、なにがあっても殿下はアリエア嬢を妻に娶られると、そう仰《おっしゃ》るのか……。

王太子の近くで長年見てきたから、王太子のアリエアへの想いは痛いほど理解している。だからこそ、そうであるからこそ、おそらくそのときはロイアも覚悟しなければならない。

そうなった暁《あかつき》には、きっと自分は――。

「情報機動隊を動かせ。国内だけじゃない、各国に飛ばせ」

「かしこまりました」

「情報があればすぐに報告するように」

そう言うとおもむろに王太子は立ち上がった。カップの中にはいまだに紅茶が残っている。しかし王太子はそのまま奥の部屋に向かっていってしまった。

「殿下……?」

「少し寝る。次の予定にはまだ時間があるだろう」

「……かしこまりました」

王太子はロイアの言葉にちらりと視線を寄越したが、なにも言わずに寝室へと消えてしまった。ばたん、と扉が閉められた音がして、ロイアはようやく息を吐いた。

「アリエア嬢……一体どちらにいらっしゃるのか……」

無事でいて欲しい。ロイアが願うのはそれだけだ。アリエアは王太子の婚約者という立ち位置だが、ロイアの昔からの顔馴染みでもある。

どうかこの先の展開が、アリエアにとって、殿下にとって、悲しいものにならないように。

ロイアは願うことしかできなかった。

第2章

雪の降る道

捨てられたもの

「おら起きろ！　こんなとこで寝られちゃ邪魔なんだよ！　轢《ひ》くぞこら！」

誰かの怒鳴り声が遠くから聞こえてくる。

その声と、そして背中にあたる硬さ、冷たさに瞬時に意識が戻った。ぱっと飛び起きると、そこは真っ白だった。

雪？

あたりには雪が散っていて、白一色だ。どうやら私は路上で寝ていたらしい。

私、どうして……？

そこではっと、なにがあったかを思い出す。目まぐるしく記憶が蘇《よみがえ》り、意識が鮮明になる。

そうだわ、私、誰かに襲われて……。それでここに……？　そうだ、ここはどこ？　それにさっき、誰かに話しかけられたような……。

そう思ってあたりを見ると、ちょうど後ろ側に荷馬車が見えた。その御者席《ぎょしゃ》に座っているのは中年の男性だった。

私は座り込んだ状態のまま、男性に声をかけようとした。

あの、ここってどこでしょうか？

そう、確かに聞いたはずだった。だけどそれは声にならず、掠れた音が出るのみ。

「……‼」

声が、出ない……。

信じられない思いだった。咄嗟に喉に手を当てるが、それで声が出るようになるはずもない。

「あんだぁ？　お前、喋《しゃべ》れねぇのか！」

目の前の男が粗野な話し方をする。どうやら物売りらしい。

どうにかして意思疎通ができないかしら……。

そう思って必死の思いで立ち上がるが、足に力が入らずそのまま雪の上に倒れてしまった。

「……‼」

どうやら、左足が折れているらしい。足に力が入らない。痛みは……感じないけれど。寒さで麻痺しているのだろう。

私は改めて自分の格好を見下ろした。破れたドレスに、青あざの残る足首。そして切り傷、擦《す》り傷、縄の跡。手首を見れば縛られた跡に、同じく青あざと擦《す》り傷がある。無残《むざん》に切られた髪はそれでも何房か長い髪が残っていて、私のスカートに絡んでいた。ひどい格好だ。我ながら笑いを禁じ得ない。

「ふぅん？　そのドレス、随分上物じゃねぇか……」

自分の状況の把握に努めていると、おもむろに男が御者席から降りてきた。そして私を見ると突然腕を摑んでくる。

――痛っ……!!

腕もまた、なにかしら負傷しているのだろう。摑まれた腕がじわじわと熱を持つ。痛みで顔をしかめると、男はまじまじと私を見てきた。そして、粗野な顔に下卑《げび》た笑みを浮かべた。まずい。瞬間的に危機を察知した。だけど危機を察知したところで、逃げる足もなければ体力もない。

「……は、お前さんいい顔してんなぁ。こりゃ、高く売れるぞ」

「！」

「喋《しゃべ》らねぇし弱ってるみてぇだから……ちょうどいいな。売り飛ばすか」

「……!!　……!!」

声が出ないとわかっても、思わず叫びそうになってしまう。まずい。ここにいたら、ダメだ。死ぬよりひどい目にあう。そうわかっているのに、足は動かない。折れているせいだ。せめて魔法が使えれば。そう思うけれど、魔力欠乏症の今、魔法なんて使ったらすぐに死んでしまう。いや……どうせ死ぬのなら、遅いか早いかの違いかしら。もう、いいかしら。

もう、死んだってなにも変わらない。

ふとそんな考えが頭をよぎった。どうせ声も出ない、体だってこんな調子だ。もう、どうにもならない。

私はどこで間違えたのかしら。

どこから間違えた？　どこがいけなかった？

お母様の傀儡でいたのが、お父様のマリオネットでいたのがいけなかった？　言われたとおり動く、人形だったのがいけなかった？　だから、私は人形のようにされてしまったのかしら。

声も出ない、手も足も動かない。なるほど、まるで人形のようだわ。人形のように生きてきた私には、相応《ふさわ》しい末路、なのかしら……。

「でもまあ、売り飛ばす前に少し楽しませてもらうか。こんないい女、滅多《めった》に見ないからなぁ。へへっ、いいねぇ。俺ァお嬢ちゃんみたいな年頃の女が一番好きなんだよ」

気持ち悪い。

私より年がひと回りもふた回りも上に見える男はそう言って笑い、私の肩を押した。うまく力が入らない私はあっさりと雪の上に倒れた。ちらほらと降ってくる雪が目に入る。そのせいか、それともこの現実のせいか。涙がひとすじこぼれた。

「はっ、泣かなくたっていい。これからうんと可愛がってやるからなぁ……」

気持ち悪い。悲しい。うまく動かない体が憎い。力が入らない。心臓が痛い。冷たい空気が肺を突き刺して、頭がぼうっとしてくる。立ち上がろうにも足は動かないしどこにも力が入らない。のしかかった男の顔だけが見えて、吐きそうなほど気持ち悪かった。

これで、終わりなのかしら。

私の人生、これが、全て？

なんてあっけなくて、なんて哀れで、惨めで、可哀想な人生。我ながら同情してしまう。

ほつれて破れた、もとは綺麗だったドレスに手がかかる。それを見ながら、私はぼんやりと考えた。これを着たときは、まさかこんなことになるなんて思わなかった。あのときはよかった、と思うのは今だからだろう。

あのときだって苦しんでいた。悲しかった。

でも、苦しみや悲しみ、人の不幸には限りなどないのね。

あのときも人生に絶望していたけれど、悲しみには底がないということ、苦しみには際限がないということを初めて私は知った。

男の動作。なぜかそれがすごく遅く見えた。

男の手がゆっくりと動く。私の襟に手がかかる。男が、手を伸ばした。

逃げたくても体は動かない。足も手首もおそらく折れている。水を被ったままにされたせいだろうか、体はひどく冷えている。

そもそも雪道でこんな薄着でいれば寒くもなるわね。

そんなことをぼぅっと考えていたときだった。なんの前触れもなく、いきなり男が呻《うめ》き声を上げた。

「うっ……!?」

そしていきなり男が、私の上に倒れ込んできた。ぐしゃっ！　という人が倒れる音を聞きながら、私は息を呑む。

……なにが起きたの？

驚いて視線だけを動かすけれど周りにはなにもない。いや、……誰か、いる？

倒れているせいで視界が逆さまになってはいるものの、人の足が見えた。防寒に適した靴を履き、それはゆっくりと私のほうに歩いてきた。

サク、サク、と雪を踏む音が聞こえる。

「……大丈夫か？」

低すぎず高すぎない、だけど男の人の声だ。それを聞いて、私ははっと顔を上げる。そして、思わず悲鳴を上げそうになった。

――!!

声が出ていたら間違いなく悲鳴を上げていただろう。そこには熊の剝製《はくせい》――のような仮面、かしら……？　――を被った男、だと思われる人物がいた。作り物だとは思うが、熊の顔が実にリアルで恐ろしい。毛並みといい、真っ黒な瞳といい、茶色い鼻といい、全てが生々しい。剝製の熊の首をそのまままつけているのではないかと思うほどだった。

首から下はちゃんと人間のその人物は、格好と背丈からして、やはり男性らしい。

恐怖と驚きで完全に固まっていると、その熊男は私の上にのしかかっている中年の男の肩を掴み、そのまま後ろ手に投げ捨てた。

ドシャァッ！　と男が、後ろ向きに雪の上に倒れるのが見える。ようやく息ができた。

……誰、かしら。この人。

お礼を言おうにも、声が出ない。

私が熊男を見ていると、ふいに彼がこちらを向いた。その真っ黒な瞳に見られるといやでも心臓がはねた。怖いのだ、純粋に。恐怖を覚える生々しい造りの熊の仮面。この人はなぜこんな仮面をつけているのかしら。

黙っていると、男は私に手を伸ばしてきた。

「起きられるか？」

「……」

私はその手を掴んだ。感覚がまだあるほうの腕だ。左手は多分、折れていない。そう思って掴むと、男に引っ張り上げられる。だけど私の左足は折れている。うまく立ち上がることができず、結果私はよろめいた。

「っと……大丈夫か？　きみ……足が折れている？」

うまく立つことのできない私を見て、熊男が私の肩を支えた。しっかりと肩を抱かれ、腰を掴まれる。そのおかげで私は転ばずに済んだが、力がうまく入らないせいでやはりよろめいてしまう。

　声が出ない私は熊男の言葉に小さく頷いた。

「それに……声が出ないのか。参ったな、この雪だと街まで行くのは大変だし……」

「……」

「……近くに、小さいけれど宿がある。とりあえず今はそこに行こう。お嬢さん、抱きかかえるけれどいいかな」

「……、」

　ありがとうございます、それが言えたらどんなにいいか。今更ながら声が出ないのがひどく悔しくて、悲しい。私は俯《うつむ》きながら、またしても一つ頷いた。

　それを見て、熊男は少し首を傾げた。何回見ても熊の仮面は生々しくて恐ろしい。きっとこれに慣れることはないだろう。

「じゃあ、抱き上げるから。痛かったら言――うことはできないんだったな。痛かったらどこでもいい、俺をはたいてくれ」

「……」

　あなたは、どうして私にそこまで優しくしてくれるんですか。

　そう聞いてみたかった。でも声が出ない。私は俯《うつむ》いたまま、また小さく頷いた。

　怪しい人かもしれない。悪辣《あくらつ》なことを考えているかもしれない。この優しさは偽《いつわ》りで、なにか見返りを求めているのかも。

考えられる可能性が浮かんでは消えた。どちらにせよ、私の行く末など決まっている。それなら、この人に頼ったほうがまだいい。それにどのみち私は自分の足で歩けない。逃げることだってできないのだ。


そこから数分のところに、宿があった。

今更だけど、ここはどこかしら。季節は確かに初夏で、雪なんて降っていなかったのに。ここはすごく雪が降っている。まさか他国に連れてこられた……？

ふと、あの暗闇で言われた言葉を思い出す。

『……さて、これからのあなたはただの娘です。なにもない、ただの村娘。頑張って生き延びてください』

まさか、このことを言っていたの？

だとしたら最悪だ。もしあのままこの熊男が助けてくれなかったら、きっと私は死ぬより辛《つら》い目にあっていた。それが狙いだったのだろう。

「……」

熊男に抱きかかえられながら宿に入る。私を見た宿の店主は少し驚いた顔をしていたが、人が増える分には問題がないとあっけらかんと言っていた。あの店主は人がいいらしい。熊男はそれにお礼を言い、階段を上っていく。

ギッ、ギッと木の軋む音がする。どうやら古い建物らしい。私はその音をなんとはなしに聞いていたが、やがて階段を上り終わり、二階の廊下に着く。

「よし、着いたよ」

熊男はそう言い、私を抱きかかえたまま部屋の鍵を取り出した。チャラ、と鍵の音がする。解錠する音が小さく聞こえ、部屋の扉が開かれる。

部屋自体はあまり広くない。物も少なく、テーブルの上にはカバンとランプが置かれているだけだった。

「さて、きみは少しここにいて。俺は少し出てくる」

熊男は私をベッドの上に降ろすと、そう告げた。

淡いランプの光に照らされて熊の仮面がより恐ろしく見えた。まるで魔物のようだ。その場合、私は食べられてしまうのだろうけれど。私は首から下を見て、熊男がちゃんと人間であることを再度確認して息を吐いた。

そして、また口を開こうとして、諦める。

声が出ないのが、こんなに不便だったなんて。

せめて、お礼を伝えたい。

そう思って、今にも出ていきそうな熊男の手を摑んだ。そして思ったよりも綺麗な指先に驚く。

熊男も突然私に摑まれて驚いたらしい。

「あれ？　どうかしたか？」

「……、」

ありがとう、ございます、と手のひらに文字を刻む。熊男は少しそのままにしていたが、やがて小さく笑った。仮面に声がこもるくらい小さな笑い声だった。

「はは、いいよ。気にするな。とりあえず、俺は出かけてくるから。きみは眠れるなら眠っておいたほうがいい」

言うと、熊男は私の頭を優しく撫でた。それがなんだか懐かしくて、そしてなぜかふいにフェリアル様の顔を思い出して、思わず目頭が熱くなった。あの人は私以外の人が好きで、あの人の今までの態度は全て嘘だった。そう、わかっているはずなのに。知ったはずなのに。それでも今までの優しい記憶は消えなくて。

それがまた苦しくて、悲しい。

私はまた小さく頷いて、熊男は部屋を出ていった。ぱたん、と扉の閉まる音を聞く。私はそのまま、崩れるようにベッドに沈んだ。柔らかな枕が私の頭を迎える。

天井を見ながら私はぼんやりと考えた。

……こんなところまで来てしまった。

来てしまった、というより、連れてこられた、のほうが正しいのかもしれない。だけど、それでもやはり、現実味がなかった。辛《かろ》うじて動く左手を伸ばして、手を開いたり閉じたりする。生きてる。

だけど、半年後には失われる命だ。

今はまだ生きているけれど、半年もすればこの命は潰える。なのに生きている意味はあるのだろうか。生きていて、なにか変わることはあるだろうか。結局死んでしまうのに。終わりは見えているというのに。

それでも、なぜだろう。

なぜか、生きているのがとても——嬉しい、だなんて。

きっと私はおかしい。それはもとからなのか、それともいろいろとあったせいで壊れてしまったのか。今更ながら生きていることに嬉しさを感じるなんて。

知らぬ間に涙がつぅ、とこぼれた。

いろいろなことを思い出す。幸せだとは言えなかったあの暮らしも、今思えば幸せだったのかもしれない。両親の言うことを聞き、逆らわずに生きて、そして人形のように生きる毎日。愛されてはいなかったけれど、フェリアル様と共にいられて、私は楽しかったのかもしれない。

わからない。もう、よくわからない。幸せって、なんだろう。

なんの心配もなく、生きていくこと？

それなら以前の日々は〝幸せ〟だったのかもしれない。少なくとも衣食住の心配をすることはなかった。私が逆らいさえしなければ人の命は消えることなく、そしてあのキスシーンを見さえしなければ私はフェリアル様を信じていられた。

私は薄明かりの中、目を閉じた。

なぜだか涙は止まらなかった。なにが悲しいのかわからない。もしかしたら安心して涙がこぼれてきたのかもしれない。

指輪のつながり

ふと、物音に目が覚めた。眠ってしまっていたようだ。

うっすらと目を開けると、熊男がなにやら作業をしているようだった。ぼんやりと浮かび上がる剥製の熊……のような仮面に心臓がとび上がる。声が出ていたらまたしても悲鳴が出たに違いない。

だけど僅かな身動きの音で気付いたのだろう。ゆっくりと熊男が振り向いた。

「……!!」

やっ、やっぱり怖いものは怖い。どうにかしてあの仮面を外してもらえないかしら……。私がそう思っていると、熊男が立ち上がり、軽い調子で尋ねてくる。

「起きたか?」

こくり、と小さく頷いた。

熊男はそれを見ると、テーブルの上に置かれた紙袋を手に取って中からなにかを取り出して、私のほうに持ってくる。相変わらず仮面は怖いが、その手つきは優しい。

「話せないのなら、なにかしら書くものが必要だろう? まず、名前から教えてくれ」

見れば、それは万年筆とメモ帳のようだ。

そして、熊男はこのためにわざわざ外に出ていたのかと気付く。窓を見ると既に外は真っ暗だった。街まで行くのは大変と言っていたのに、わざわざ買ってきてくれたのだろうか。

その優しさに感謝しながら、私はメモ帳と万年筆を受け取った。その軽い感触を確かめながら、私はひとまずずっと言いたかった言葉を記す。

両利きでよかった。万が一に備え、私はありとあらゆる教育を受けた。それは利き手も同じで、私は右手でも左手でも文字が書けるように教育を受けていた。今になってそのことに感謝する。

〈ありがとうございます〉

まずそう書くと、熊男は肩を竦《すく》めた。

熊男はこんな仮面を被っているわりに飄々《ひょうひょう》とした性格らしい。私は続けて自分の名前を書こうとして、躓《つまず》いた。

そうだ。私は死んだことになっている。本当の名前は名乗れない……。

思わず手が止まった私に、熊男が話しかけてくる。

「思い出せないか？」

その声がどこか優しくて、罪悪感が胸に募る。私はぐ、と万年筆を握るとサラサラと文字をつづった。

〈エアリエル〉

書くと、熊男はその名を繰り返した。

「エアリエル？　それが、きみの名前か？」

私は頷いた。

本当の名前は言えない。それなら似た響きの名前を——物語の名前を借りよう。

エアリエル。それはとある物語に出てくる精霊の名前。最後は空気に溶けて消えてしまう。

元より存在しない〝私〟の名前にはぴったりだ。

私が頷くと、熊男は何度かその名前を繰り返した。

「エアリエル、エアリエルなぁ……。よし、長いからアリィ、って呼ばせてもらう」

アリィ。まさかいきなりそんな短縮されるとは思わなかった。しかもあだ名が以前のものと全く同じだわ。私は一瞬固まったが、了承の意を示すように微笑んだ。

熊男は椅子に座ったまま、言葉を続ける。

「それと……きみは、どこから来た？　どう見てもその服装、春用のものだろう。それにきみ、貴族の娘だろう」

「……」

そのどちらも正解だった。着ている擦《す》り切れたドレスは春の新作だし、私は公爵家の娘だ。だけどそれは話せない。

助けてもらっておいて事情を話さないのは不誠実だろうか。

悩みながら、私は万年筆を持ち直した。熊男はそんな私をじっとその黒い瞳で見ていたが、やがて息を吐いた。

「……と、その前になにか食べるか。いや、きみはまず風呂だな。その泥だらけの服をなんとかしたほうがいい」

気を遣ってくれたのだろうか。話したがらない私を見て。

熊男は紙袋から他にもいろいろと取り出し始めた。それを見ていると、ふとそこからクリーム色のワンピースが姿を現す。

どう見ても熊男用のものではない。戸惑っていると、熊男がそれを私に手渡してきた。

「着替えはとりあえずこれを着な。下着類は店の奥方に言えば用意してくれるはずだ」

さすがにそこまではできなかったからな、と陽気に笑う熊男を見て、私は紙に言葉を重ねた。あたたかいものが頬を伝う。私はさっきから泣いてばかりだ。でも、止まらない。

嬉しくて、悲しくて、ありがたくて。哀れで。惨めで。捨てられたことが悲しくて。

〈どうして私によくしてくれるのですか〉

彼はそれを見て少しだけ黙った。熊男が黙ると不気味さは一層増す。やっぱりその仮面はなんとかしたほうがいいと思う。

ややあって熊男が答えた。

「きみに興味がある」

――え……。

それはどういう意味だろう。思わず固まった私に、熊男が陽気に言う。

「ああ！　安心してくれ。だからといってそういう意味じゃない。俺が興味あるのは確かにきみだが、だけどきみ本体に興味があるっていうわけじゃ、ああ、説明が難しいな。とにかく妙なことはしないから、先に風呂だけ行ってくれ」

私に興味があるけれど、私自身には興味がない……？

引っかかる言い方だが、私はとにかく彼の言うように先にお風呂に入ることにした。

だけど、ここで大事なことに気付く。私、一人で降りられない……。左足は折れているらしく力が入らない上に、動かすだけで激痛が走る。右手首だって同様だ。触れるだけで痛いし、力を入れるなんてもってのほか。残念なことにベッドから降りることもできない。

そのままベッドの上に座って固まっていると、熊男が、ん？　と首を傾げた。

「どうした？　早く風呂に……って、ああ。足が折れているのか」

その言葉にこくん、と頷く。

このまま脱衣所まで運んでくれるのかしら……。でもさすがに男性に脱衣所まで運ばれるのは恥ずかしい。けれどそんなことを言っている場合ではない。私がそのまま俯《うつむ》いて待っていると、ふいに熊男が私の前に立った。

「怪我してるのは左足だけか？」

その言葉に顔を上げる。

相変わらず熊男の仮面は気味が悪い。とはいえ、質問には答えなければならない。私は首を横に振って答えた。怪我をしたところ、痛むところ、さらには擦《す》り傷まで数えたら何個あるかわからない。だけど目立つ傷は二つだ。私はそっと右手首を持ち上げた。

入浴は誰かに介助してもらわないとできないだろう。さすがにそれは熊男にはお願いできない。そう思っていると、ふいに熊男が右手を持ち上げた。

「……？」

なにをするつもりかと思っていれば、熊男が小さく呟《つぶや》き始めた。

「光術《こうじゅつ》癒式《ゆしき》第三の唄《しょう》――癒奏《セラピシア》」

呟《つぶや》いたのと同時。

ぶわりと魔法陣が宙に展開される。

これは……魔法!?

でも、私の知っているものと違う。この人、魔法が使えたの……？

そう思って顔を上げれば既に光は収束したようだった。仮面をしているせいで熊男の表情はわからない。だけどじっとその黒い瞳で私を見つめてから、熊男はその右手を下げた。

「……うん、これでいいだろう。どうだ？　動くだろう？」

そう言われてハッとする。

そうよ、今魔法……！　でも今の呪文はなに？　聞いたことがない。他国の魔法？

この世界は魔法においては共通術があり、普段はみなそれを使っている。だけど難易度の高い魔法はそれぞれの国によって解明、開発が進められ、独自性があるのだ。

難易度が高い魔法は全部で三つ。

まず一つ目に治癒魔法。簡単なものなら共通術にあるが、例えば死が決まっている人の延命治療。そういうものには独自魔法が使われることが多い。けれどこれもまだ、発展途上だ。

残る二つは光魔法と――、無魔法。

こちらも簡単なものであれば共通術で事足りるが、戦闘になったりした際には光魔法が使われることが最も多い。

例えば灯り代わりに光を灯す程度であれば共通術が使用されるが、光を基にした攻撃は光魔法が使用される。

そして無魔法とは、いわゆるどの分野にも属さない魔法のことだ。それらは全てが難しい魔法で、例えば時を止めるものだったり、時を戻すものだったり。

だけど現状は不確立な魔法として実際に使えるレベルにないものが多く、事実上の難易度の高い魔法は治癒魔法と光魔法の二つだけということになる。

そんなことを思い出していれば、熊の仮面がにゅっと視界に入ってきた。

「大丈夫か？　他に痛むところは？」

その言葉にハッとして首を横に振る。なにはともあれ、治癒魔法をかけてもらったおかげで足は動くし手も動く。奇跡のようだ。

「んじゃ、風呂だな。俺はまた少し出てくるから、ゆっくり入るといい」

私は頷いて、メモ帳を取って文字を書き連ねた。

〈ありがとうございます〉

先ほどの分も合わせて礼を言うと、熊男はまたしても短く笑った。

「気にしなくていい。人は持ちつ持たれつだろう」


店主の奥さんに案内されて向かったのは、こぢんまりとした湯殿だった。あらかじめ話が付けられていたのか、あっさりと浴室に案内された。

「それじゃあごゆっくり。もし湯が熱かったりしたら言ってくださいねぇ」

どうやら彼女は私が口がきけないということを知らないようだ。ただの無口な女だと思っているらしい。とはいえ、私のざんばらに切られた髪についてはなにか言いたそうにしていたけれど。

私は服を脱ぎ始めた。と言っても、襟元は破け裾もほつれ泥まみれの服は脱ぐというよりも抜け出すと言ったほうが正しい。

このとき初めて私は、一人で服を脱ぐということをした。もう使えない服だ。あちこちにリボンが結ばれ普通に脱げば難しい服を私は力任せに剝《は》ぎ取った。コルセットの紐も何本か切れているせいであっさりと脱げる。脱いで、そのときに気がついた。

——vier《フィーア》の指輪……。

そっか、これも持ってきてしまったのね……。

ネックレスに引っかかったままの指輪に触れる。無色透明な指輪は傷ひとつなかった。それを見て、私は、ぐ、と指輪を強く握った。残ったものはこれしかない。私が私であったと証明するものは。本来であればこれは返すべきなのだろう。だけど私には返すすべもなければ、おそらく外国であろうこの場所から帰国する方法すらない。

これからどうしたらいいのだろうか。

私はエアリエルとしてこれからを生きていくべきなのだろうか。

しかし、身よりもない、財もないただの娘が他国で一人で生きるなど無理に決まっている。しかも私は半年後に死ぬことが約束されている。お先真っ暗、という言葉がまさに当てはまってそれに少し笑ってしまった。

そもそもここってどこなのかしら。雪が降っている、ということは季節は真逆……？　リームア国と季節が逆の国はいくつかあるが、そのうちのどれかということだろうか。

私はタオルを手に浴室に入った。むわりとした湿気が顔を打つ。そのあたたかさが、柔らかさが、無性に胸を打った。

今、普通のことができることが、どんなに嬉しいか。

以前はこんなことにいちいち感動したりしなかった。だけど今、死に直面し逃れた今。そして明日も見えない現状で、いつもどおりのことができるということがどんなに幸福なのかを知った。

私は湯に手を浸けながら考える。

リームア国に、戻る？

戻って、どうする？

また両親の傀儡になり、フェリアル様とは仮初《かりそめ》の愛を誓い、そしてこれからも生きる？あと半年しかないのに、その半年をそうして過ごす？

そもそも半年以内に国に帰れる自信もない。この国がどこかだってわかっていない。帰る伝手も、お金もない。今の私にはなにもないというのに。

このまま惨めに死ぬしかないのだろうか。私には普通の死を迎えることすら許されないのか。

そんなことを考えながら肩まで湯に浸かった。香油を垂らしているのだろうか。随分いい香りがする。以前は普通だったことが、今では普通ではない。それが悲しくもあり、寂しくもある。

だけどなにがいいかなんて今はまだ、なにもわからなかった。

浴室を出ると店主がカウンターで書き物をしていた。私はぺこりと一つ頭を下げ、その横を通り過ぎようとした。だけどその前に店主に声をかけられる。

「ちょいと、お嬢さん」

「……？」

さすがに無愛想すぎただろうか。でも、これ以外の方法を私は持たない。声が出ないのだから。

私が立ち止まってみると、口髭《くちひげ》を生やしどこかパンダに似た顔立ちをしている店主は、髭に触れながら私に言った。

「その髪色、珍しいねぇ。どこの国の人だい」

「……」

なんて答えればいいかわからない。

確かに私の髪はあまりない色だ。リームアでも銀髪は少なかった。もしここでリームアだと言えば私の素性が知られるだろうか。

それに加え、私は今話すことができない。

喉に触れ、口を開けるそぶりをすればそれで店主は理解したらしい。

「ああ。お嬢さん、声が出ないのかい」

「……」

「そうかそうか。だからかぁ……」

なにか納得したように店主が頷く。そしてちょいちょい、と手招きされる。私は戸惑いながらカウンターのほうに近寄る。そうすると店主は首を横に振った。

「違う違う。こっちにおいで」

「……?」

どうやらカウンターの中に来い、ということらしい。戸惑いと、警戒。恐怖が入り交じる。思わず足が竦んだが、見たところ店主は悪い人ではなさそうだ。パンダに似ているし。

でも……昼間のことが思い出される。思い出せば紐が解けるようにいろんなことを思い出した。眠って、熊男と話して、記憶が薄れていたのかもしれない。

だけどいざ一人になると、どうしても思い出してしまう。

あのときの——雪の上で起きかけた、あのことを。

『へへっ、いいねぇ。俺ァお嬢ちゃんみたいな年頃の女が一番好きなんだよ』

男の荒い呼吸に、ギラギラとした目。粗野な手に、まんまるとした手首。横幅のある腹に、脂でてかった肌。思い出したくないのに、いやでも記憶が掘り返される。

ひゅ、と息を呑んだ。知らずして手が震える。怖い、と思った。目の前が真っ暗になったような錯覚に襲われ、足元がふらつく。ちょうど貧血のような症状だ。

目眩がして、クラクラして、なんだか吐き気までする。寒気がして、手が動かない。周りの音が遮断され、視界がぶれる。一人なのだと、理解している。私は今、私しか頼ることはできないと、知っている。

だからこそ、しっかりしないといけないのに。いざとなったら逃げなければならないのに
――、

「ちょっと、アンタなにやってんだい」

そのとき、ハッとするような鋭い声が耳に入ってきた。驚いてそちらを見れば、私を浴室まで案内してくれた店主の奥方がカウンターのすぐ傍まで来ていた。人知れず、息を吐く。気がつけば手の震えは止まっていた。

「なにって、俺はなぁ。ただこの子の髪を整えようと……」

「だからといって急に声をかける無作法があるかい。ただでさえ、あの客の連れなんだ。余計なことはすんじゃないよ」

「そりゃあそうだが……。しかしお嬢さん、きみの髪はひどいぞ？　どんな切り方をしたんだ」

そこで、そこでようやく、私は店主が私の髪を切り揃えてくれようとしていたことに気がついた。心配そうな顔をして、店主がこちらを見ている。店主の奥方も私の髪を見て、ふむ、と唸った。

「そうですねぇ……。確かにそのままじゃちと見栄えが悪い。あたしでよかったら切り揃えて

あげます、どうぞ奥に」

奥方は止める間もなくカウンター横の奥の部屋へと入っていった。私はそれを見てから、店主を見た。店主はうんうんと頷いて嬉しそうに言う。

「すみませんね、お嬢さん。うちは子供がいないから、若い娘が珍しくて。アイツもきっと娘のようで可愛いんでしょう。切り揃えるだけならアレでもできるだろうから、よかったらどうぞ」

「…………」

そう言われて、私はようやく決心が着いた。一つお辞儀をして私は奥の部屋へと入る。

奥の部屋は雑用部屋にしているのか、物があふれ、雑然としている。その奥で、奥方が椅子の周りを片付けていた。

「ああ、来ましたか。どうぞ、お嬢さん」

私は奥方の近くまで行くと、その木製の椅子に座った。その椅子は今まで座ったどの椅子よりも安価そうで、そして脚もぐらついていたけれど、決して座り心地は悪くなかった。

私が座ると、私の後ろに回った奥方が私の髪に触れた。腰まであった長い髪はもう肩より少し長いくらいしかない。

悲しいとか、寂しいとか、そういった感情は浮かばなかった。ただ、短くなったんだな、とそう理解した。

「さて、じゃあ切りますねぇ……。お嬢さん、あなた、髪とても綺麗ねぇ。よっぽど大事にしていたんですね」

「……」

大事にして、いた。

そう、確かに大切にしていた。令嬢にとって髪は命と言ってもいい。女性らしくあれるよう、そして少しでもフェリアル様に釣り合うようにと私は髪の手入れは欠かさなかった。全てはフェリアル様のために。

それが悲しくて、腹立たしくて、先ほどよりも切ない思いが込み上げてくる。だけど彼は私ではない他の娘を選んだ。王政が敷かれたリームアで側室を娶ることは珍しくない。だから、裏切られたと思う私が間違っているのだろう。

でも、私だけだと思っていた。それは、私の驕《おご》り？ 私の、間違い？

私が、いけなかったのだろうか。なにがダメだったのだろうか。

考えれば考えるほど、どつぼにはまるような気がして、私は意図的に思考を打ち切った。

耳をすませばシャキ、シャキ、というハサミの音が小さく響いている。なんだかその音で妙に落ち着いた。どこともわからない国の、宿の雑用部屋で、私はほっとしていた。

「……さぁてね。こんなものかしら」

そう言われて渡された手鏡で、自分を見る。

髪が短い。

思ったのはそれだった。入浴するときも思ったが、髪の短い自分はやはり新鮮で、少しだけ違和感を覚える。奥方は綺麗に整えてくれ、不揃いだった髪が切り揃えられている。

ありがとうございます、の意味を込めて頭を下げると、それを見た奥方はにこりと笑う。そしてハサミをしまいながら話しかけてきた。

「可愛いわねぇ。お嬢さん、あなた短いのも十分似合っていますよ。これならどんな男でもイチコロだわ」

その言葉に思わず笑ってしまう。

そんな見え透いた世辞を言う侍女はいなかった。明らかによく言われているのがわかって、私はまた一つ笑みをこぼした。

店主とその奥方にもう一度頭を下げて、私は部屋に戻ることにした。沈んでいた心が少しだけ浮上した。それはあの二人の優しさに……損得なしの心遣いに触れたおかげだろう。身分に関係なく、私が公爵令嬢だから、王太子の婚約者だから優しくしてくれるのとは訳が違う。

純粋な優しさがこんなに響くとは思っていなかった。

ここに来られてよかった。

余命を宣告され、さらにはフェリアル様と他の娘のキスシーンを見て、その挙句攫《さら》われて婚約破棄され殺されかけた。まとめるとひどい有様だが、ここに来られただけでもよかったと思う。もし彼に婚約破棄されなければ私はここに来ることはなかった。残りの半年を無意味に過ごすだけだっただろう。

前向きにいかなきゃ。

あと半年しかない、のではない。

まだ半年もある、のだ。

その半年でなにをできるかはわからない。だけど、その半年を精一杯、最期くらい好きに生きてもいいかもしれないと私は思い始めていた。


部屋の扉を開けると、人影があった。どうやら熊男は先に戻っていたらしい。

ふと、思い出す。そうだわ……。熊男って、男性よね。忘れていたわけではないが、大事なことを思い出した。ベッドが一つしかないのだ。他に部屋を取っているかはわからないが、もし取っていない場合、譲《ゆず》るのは私のほうだろう。もとより熊男一人分の部屋だったはずだ。さすがにベッドまで譲ってもらうのは忍びない。そうなると私は床で寝るべき?

いや、そもそもお暇《いとま》するべきよね。でも私にはお金もなければ行くところもない……。このまま部屋においてもらう以外手段がない。

そんなことを考えつつ部屋に入ると、熊男――ではなく、他の男性がいた。

サラサラとした白に近い銀髪を後ろに流し、さらにその長い髪を三つ編みにしている男性。彼は私に背中を向ける形でなにかしていたが、私の気配に気がついたのだろう。くるりと振り返った。

「ああ、帰ったのか」

――熊男!?

熊男なのだろうか、この男性は。

正直、思った以上の美人で驚いた。思わず目を瞬かせていると、落ち着いた雰囲気のある男性――熊男は口端を上げて笑った。

「お、髪揃えたのか。さっきより随分いい」

「……」

私は熊男の姿を上から下まで見て、そしてベッドサイドのテーブルに向かった。テーブルの上にはメモ帳と万年筆が並んでいる。私はすかさずそれを掴むと、そこに文字をつづった。

〈熊の方ですよね?〉

書いて熊男に差し出すと熊男はそれを読んで、そしてまたしても口元を押さえて笑う。上品な笑い方だ。落ち着いた雰囲気のある、そしてどこか気品を感じさせる佇まい。長い雪色のまつ毛に、透きとおるような肌。目の色は深い海のような青色だった。彼はひとしきり笑って、そして言った。

「熊の方って、きみ他にもあっただろう」

軽快な物言いとは正反対な印象の容姿で少し混乱してしまう。

〈申し訳ありません。お名前を知らなかったので〉

続けてそう書いて見せれば、それを見つめた熊男は少し考えたのち、こう告げた。

「——ライアン」

ライアン……？

私はその言葉を聞いて、口の中でその言葉を繰り返した。それが彼の名前なのだろうか。

じっと彼を見ていると、目の前の男は口端を上げて笑った。

「俺の名前だよ」

彼はライアンというらしい。私は頷いて、また文字を書きつける。それをライアンは見ていたが、ふと呟《つぶや》いた。

「……アリィ。あー……きみに相談したいことが二つほどあるんだけど、いいか？」

ライアンって呼んでいい？

そう書こうと思っていた私は手を止めて、代わりの言葉をつづった。

〈なんですか？〉

「まず、一つ目。……きみのその声、だが……。治す方法がある」

「……！」

「そして、二つ目。こっちのほうが本命だったりするんだが、……アリィ。……いや、エアリエル。俺に協力してくれないか？」

「……？」

二つ、立て続けにライアンはそう言うと近くの椅子に座った。ライアンの髪は長い。腰ほどまであるんじゃないだろうか。彼はおもむろに頭をかきながら言葉を続けた。

私もまた、ライアンの言葉を聞きながらベッドに座る。部屋の中は変わらず薄暗い。

「すまないとは思ったんだが、きみが眠っているとき……、そのネックレスが見えた」

「！」

「なにも盗もうってわけじゃない。実際俺はきみが目覚めるまで待っただろう？」

ライアンは続けて弁明するように言った。もとよりライアンが盗むとは思っていない。というより、この指輪のことをライアンが知っているとは思わなかった。

私はじっとライアンを見つめる。ライアンがなにを言おうとしているのかわからない。ライアンもまた、言いにくそうにしながらも息を吐いた。そしてちらりと私を見て、視線を合わせる。熊の仮面のぬばたまの瞳ではなく、海のような色の瞳が私を見る。

「……vier《フィーア》の指輪」

「……!!」

どうしてそれを、と思わず声が出かかった。

だけど声帯の機能を果たさない私の喉からは意味のない息がこぼれた。

ライアンがローブの裾をめくり、彼の白い手首が顕《あらわ》になる。そして、そこには銀細工でできたチェーンのブレスレットがあった。

華奢《きゃしゃ》な作りのブレスレット。そこにかけられているのは——指輪？

ライアンはブレスレットを持ち上げて、その指輪を手に取る。そして、指先で弄《もてあそ》ぶように指輪に触れた。

「〝neun《ノイン》の指輪〟。これが、俺に託された指輪だ」

「……」

ふと、昔から伝わる物語を思い出した。

とある昔、魔王が世界を蹂躙《じゅうりん》した。人々は倒れ、苦しみ、貧困に喘いだ。

勇者と聖女、賢者が立ち上がり、魔王を討とうとしたが力の差は歴然だった。

もう人類は滅亡するしか——。そう思われたとき、光が空から降ってきた。

そして、現れたのが守り神だ。

守り神は非常に強く、その光の力で魔王を倒した。そして世界には平和が戻り、守り神もまた天に帰ることになった。

そのとき守り神は、勇者と聖女と賢者の三人に指輪を託した。それぞれに救いの紋が刻まれた指輪を。そして、守り神はこう伝えた。

『もし、また私が必要となったとき、この指輪を集めなさい。そのとき、私はまたこの地に舞い戻るでしょう』

――これが私の知る、指輪の物語だ。

だけどこの物語は地域によって話の細部が違う。例えばリームア国のある地域では、敵は魔王ではなく悪魔だったとか、守り神と呼ばれたその人は神などではなく、ただの人間だった、など。リームア国の中だけでもこんなにも差異があるのだ。国外ともなれば物語はもっと変わっていっているだろう。

そして、指輪を守る者以外、指輪の存在は知らされない。民衆はただのおとぎ話だと思い、まさかその指輪が実在しているとは露《つゆ》ほども思わないだろう。

そのことを思い出していると、ふいにチャラン、とブレスレットの音が響く。ライアンが袖を戻したのだった。

「っと、まあ……見せたはいいが。つまり、俺ときみは同じなんだ。同じ指輪を託された者同士。……きみも、指輪の話は聞かされているだろう？」

その言葉に私は頷いた。

私以外の守りの指輪。初めて見た。そして、本当に存在しているとは思わなかった。

私が黙って考え込んでいると、ライアンが椅子から立ち上がり、おもむろに私の隣に座る。

「……!?」

「きみ、魔力欠乏症だろう」

「っ……!?」

その言葉に、思わず息を呑む。

私の反応にライアンは少し笑った。

「お、あたりだな。やっぱりか……」

そう言うと、ライアンは滔々《とうとう》と話し出した。

「さっききみに、指輪の話を知っているかと聞いたな」

「……」

私は小さく頷いた。

ライアンはそれを見て、また一つ頷く。ランプの光に照らされたライアンの髪がはちみつ色になっている。

「その話を簡単に教えてくれるか？」

私の知っている話とライアンの知っている話、齟齬《そご》がないか確認するのかしら？

私は再度万年筆を取ると、紙に自分の知っている限りの物語をつづり、ライアンに渡した。

ライアンはその内容をざっと確認して、告げた。

「……違うな」

ライアンはもう一度ゆっくり読むと、首を横に振った。そしてメモ帳を私に返してくれる。

「やっぱり知らないか。……まあ、そうだろうな。真実なんて闇に葬《ほうむ》られている」

「……？」

「いいか、アリィ。その話は全て嘘で、デタラメだ。本当の内容は――」

そこまで言いかけて、ライアンは言葉を止めた。そして、悩んだそぶりで話を続ける。

「いや、その前にきみの声の話だな。さっき、俺はきみの声は元に戻ると、そう言ったな」

聞かれて、私は一つ頷いた。

「きみのそれは外因性のものじゃない。呪いだ」

――呪い。

その言葉にどくりと心臓がはねた。

まさか、呪いだなんて。露ほどにも思わなかった。私は呪われている？　だから、声が出ないの？

思わず喉を押さえた。呪いをかけられたタイミングといえば、間違いなく誘拐されたあのときだろう。ということは、呪いをかけたのはあの人……？

「呪いを解くには、代償が必要になる」

そこで言葉を区切ると、おもむろにライアンは手を上げた。そしてその白く細長い指先を私のほうに向けた。

「そして……今回の場合、それは〝記憶〟だ」

「……！」

「きみは記憶を失う代わりに、声を取り戻す。失う記憶は、きみの人生のほとんどだろう」

「……」

声を取り戻す代わりに、私の今まで生きた十六年の記憶ほぼ全てが、消える？

突然のことに思考が追いつかない。黙り込んだままライアンの言葉の続きを待つ。

「そこで先ほどの話になるんだが、世に出回っている指輪の物語はデタラメだと、俺はそう言ったな」

こくり、とまたしても頷く。

「物語では、指輪は守り神を呼ぶためのものだとされている。だけど、実際は逆だ。これは、〝神落ち〟と呼ばれる災厄を封じるためのものだ」

〝神落ち〟……？

初めて聞く単語だ。彼はそっと視線を外して室内を眺めながら話を続ける。

「今から二千年以上前の話だ。その当時はまだ、人だとか、魔物だとか、そういった区分があんまりなかったらしい。それで……、まあ、それでも人は生き延びようと努力していたらしい。俺も生きていたわけじゃないから知らんがな。とにかく、話はこうだ」

ライアンは一つ区切ると、話を進める。

「神ならざる不完全な化け物が、突如現れた。そいつは人ならざる力を持ちながら、思考力を持たない。つまり、幼児以下の知能ってことだな。それで——その神落ちのせいで人類は滅びそうになった。そのとき、立ち上がったのが勇者たちだ」

「……」

突拍子もない話だが、これが本当の指輪にまつわる話なのだろうか。

だけど、どことなく語り継がれてきた指輪の話と似ている点はある。

「ま、勇者と言っても賢者と魔法使いと聖女の三人しかいなかったって話だけどな。それで無事に神落ちを倒し、世界には平和が戻った。……だけどここで一つ、問題が起きた」

「……？」

「神落ちは、ただの魔物じゃない。倒しても、人の記憶に残りさえすればそれを糧《かて》に蘇《よみがえ》ることができる。一応そんなのでも神だからな。つまり、簡単に言えば不死身の化け物ってことだ」

「……」

「それで悩んだ三人の勇者たちは、それぞれ己が力を込めた指輪に、神落ちを封印し留めておくことにした。神落ちを縛る戒《いまし》めは三つだ。それを破られると、神落ちは復活する」

「……っ、」

思わず声を出しそうになって、私はぱっとペンを走らせる。

〈話が全く違います〉

それを見て、ライアンは少し笑って続けた。

「二千年前の話だからな。内容があやふやになってもおかしくない。ただでさえ、作り話だと思われてる伝承だ。伝言ゲームで事故が起きるのも当然だろう」

「……」

でも、だからといって。

全然話が違う。私のこの指輪は、いずれまた必要なときに守り神を起こすためにあるものだと思っていたのに、それが実は、神落ちを封印するための指輪だったなんて。

思わず胸元からネックレスを取り出して指輪を見ていると、ライアンが言葉を続けた。

「それで、ここからが重要なんだが……アリィ、きみは魔力欠乏症だって言ったな」

ネックレスを元に戻して、私はまた一つ頷いた。

「それは、指輪を持っている人間なら誰でもそうなるんだ。わかるか？　つまり……稀代の災厄、神落ちが復活しようとしている」

「……？」

「指輪は、神落ちが復活しないように今その封印の力を強めているのさ。それで、より強い魔力を必要とする。結果、指輪の持ち主の魔力をありったけ吸い取る。……まあ、こんなところだな」

〈あなたも、魔力欠乏症なんですか？〉

「……まあ、そうだな」

そして、ライアンは足を組んで続けた。

「指輪の持ち主なら全員、そうなるな」

幼い頃から、ずっと共にいたvier《フィーア》の指輪。まさかこれが……これこそが、私の命を吸い取る原因だったなんて。

今すぐにでも手放したい気持ちに駆られる。思わず服の上から指輪を掴むと、ライアンに声をかけられた。

「指輪を捨てても意味はない。それは、守り人が死ぬまで戻ってくる」

その言葉に思わず顔を上げた。

ライアンはどこか諦めたような、自嘲《じちょう》的な笑みを浮かべていた。

それって、守りの指輪というよりむしろ呪いの指輪と言ったほうがいいような気がする。

そっと指輪から手を離しながらそう思う。

ライアンはそんな私を見て、小さく手を打った。

「まあ、そういうわけだ。ちなみにきみの魔力欠乏症の治し方はある」

「……！」

その言葉に心臓がどくりとはねた。

医者すらも匙《さじ》を投げた魔力欠乏症。それを治すことができるというのか。

思わず息を呑む私に、ライアンはあっさりと告げた。

「神落ちを倒すことだ」

「……」

たお、す……？　神落ち、って、今言っていた……？

文章が脳内に滑り込む。でも、うまく理解できなかった。

戸惑いが顔に出ていたのだろう。ライアンは笑って続けた。

「と言っても、昔のように神落ちの存在を知っている者はいない。二千年前よりは遙かに簡単に消滅させられるだろうな」

私は思わず口をパクパクと開閉させた。ライアンの話が真実そのとおりであるのであれば、ライアンが旅をしているのは神落ちを倒すため？　そして、そのためには三つの指輪が必要……？　今、指輪を守護する者が、神落ちを倒すためには必要？　そういうことなの？

待って。もしそうなら、その守りの指輪を持っている私もまた――、

「俺は指輪を集めている。だからきみにも協力して欲しい」

「……!!」

正直突拍子もなさすぎて理解が追いつかない。

あと半年で死ぬとわかって、それを半ば受け入れていたからだろうか。今更まだ生きられると知っても、混乱しかない。

だけど、そう……。私、生きられるかもしれないのね……。これからも……。

終わりが決められていると思っていた人生に、まだ先がある。それを知れただけで、視界が開けたような……いや、違う。これは、希望だ。一点の希望がじわりと、私の胸の中に広がった。

もしも、その神落ちを消滅させられるのなら。

そうすれば、私はこれからも生きていける。余命に怯えて生きていく必要はないし、来年のことだって考えられる。未来は、もっと広がるのだ。

でも。

今更、なにができるというのだろう。

今から、なにができる？

どうせなにもかも失った身だというのに。なにもない私に、なにができるのかしら……。

思わず俯《うつむ》いてしまった私に、ライアンの声がかかった。

「どうする？　きみは声を取り戻せて、病気も治る。悪い話じゃないと思うんだが」

「……」

そうだ。そして、この人はこうも言っていた。

『記憶が消える』と。

十六年生きていた私の記憶ほぼ全てがなくなると。

ふと、眩《まばゆ》いばかりの金髪を思い出す。少しくせのある髪に、首元まである襟足。長いまつ毛に、日焼けを知らなそうな白い肌。優しい手。柔らかい香り。

私を、

『アリエア』

と呼んだ、その声。

幼いときから彼のことが好きだった。愛していた。彼の妃になりたいと、そう願っていた。

そして、そうなることを信じて疑わなかった。彼が優しく声をかけてくれるのは私だけだと思っていた。触れられた手のあたたかさ、柔らかい声、抱きしめられたときの高揚感。全てを覚えている。全てが、宝物だった。あの日、あの瞬間までは。

——ショックだった。

私以外に想いを寄せている令嬢がいると知って、悲しんだ。絶望した。そして、少しだけ笑った。もとより私が独占できる人ではなかったと、それを忘れていた自分が滑稽だった。忘れていたつもりはなかったのに。いつの間にか、いつの間にか、

——彼の愛を独り占めしたい。

そう、思うようになっていたなんて。

自分がバカらしくて、惨めで、哀れで、また少し泣いたのを思い出した。

夜、ベッドの中で考えた。私がこうしているとき、フェリアル様はもしかしたらあの娘と密会しているのかもしれない。今頃あのときみたいに熱いキスを交わして、そして愛していると誓い合っているのかもしれない。

それは想像に過ぎなかったけれどいやに現実味があって、そしてそんなことを考える自分に嫌気がさした。自己嫌悪と嫉妬《しっと》で苦しくて、どうしようもなかった。

記憶を失えば、それも忘れる……?

彼を忘れられないこの苦しみと、切なさから解放されるのなら。彼のことをいつまでも想ってしまう煩わしいこの恋心ごと、消えるのなら。

それはそれでいいのかもしれない。

私は安易にそう考え、気付いたときには頷いていた。はっとして顔を上げる。そこには口端を上げたライアンがいた。

「よし。契約成立だな」

「……」

今になって、やっぱりやめたいなんて言えるはずがない。私は軽率に頷いたことを少し後悔したけれど、だけどこれでいいかと思い直した。

忘れたい。忘れられない。苦しい。逃げたい。悲しい。切ない。……辛い。

自分が嫌で、いつまでも想いを引きずる己が嫌だった。汚い感情があふれて、頭が追いつかない。恋というものがこんなに汚くて、薄暗くて、そしてドロドロしたものだと……知りたくなかった。

今までこんな感情を抱いたことは、なかった。

「じゃあ今日のところは眠るか。呪いの相殺は明日以降にやるとして、これからどうするか……。っと、そうだ。大切なことを聞いていなかった。きみ、時間はどれくらいある？」

それを聞いて、すぐにはっとした。

時間……それは、私の余命のことを聞いているのだろう。私はメモ帳に、短くその数字を書き込んだ。

〈半年です〉

それを見てから、ライアンは呟《つぶや》くように言った。

「半年か……。うかうかしていられないな」

私はライアンの言葉を聞きながら、改めてこれからをライアンと過ごすのだと理解した。一《いち》蓮托生《れんたくしょう》……いつか本で読んだ、仲間、というものなのかしら。

だけどどこか、私は少し安堵もしていた。今まで頼ることができるのは、いや、相談できる人は、誰もいなかった。唯一クリスティだけは全てを知っていたけれど、彼女に余命の話をするとそのたびに悲しい顔をされて、相談どころではなかった。

だから、少し驚いている。私の余命のことに、私と同じくらい真剣に向き合ってくれる人がいる。それだけで、こんなにも心の持ちようが違うなんて。安心感が、安堵感が、胸に込み上げた。

ふと、そこで私は気になったことを思い出した。

　考えてみれば、聞きたいことが山のようにあった。なにから書いていくか思案しながら万年筆を滑らせる。ライアンはそんな私を眺めながら私が文字を書き終えるのを待っている。

〈質問があります。まず、あなたも魔力欠乏症なのですよね？〉

　それを見せると、ライアンはまた一つ笑った。そして、頷く。

「そうだよ」

〈では、なぜ魔法が使えたのですか？　魔力欠乏症であれば魔法を使うのはご法度《はっと》。魔力量が不足して死んでしまうのでは？〉

「そうだなぁ……。俺は少し人と違うんだ。魔力量が並大抵じゃない。指輪に魔力を食われてもなお、有り余る魔力ってことだ。だから魔法を使える」

　そんなことが、あり得るのだろうか。

　思わず万年筆を握る手が止まってしまう。だけど彼がそう言う以上、きっとそうなのだろう。だとしたら、指輪に魔力を吸い取られてなお有り余る魔力とはどれくらいなのだろう。もしかしてこの人、国家機導魔道士とかだったりするのかしら……。

　だとしたらあり得ない話ではない。国家機導魔道士は国お抱えの大切な魔道士だ。国同士の争いになったとき、まず間違いなく切り札扱いされ、その戦力は計り知れない。

　もし彼が国家機導魔道士だとすれば、彼が神落ちを倒そうとしているのもわかるというもの。国お抱えの魔道士が魔力欠乏症となれば、国が総力を挙げて神落ちを打破しようとするだろう。

考えながら私は万年筆を走らせる。

〈ここはどこですか？〉

ようやくできた質問。

ずっと気になってはいたものの、聞けていなかったそれ。その文面を見せるとライアンは少しだけ驚いたような顔をした。それに少しだけどきりとした。ライアンはその整った顔からは想像がつかないほど表情がコロコロ変わる。一見冷酷そうで落ち着いた美青年に見えるのに、それがなんだか意外で新鮮だった。

「きみ、変わってるな！　今それを聞くか」

ライアンは笑って答えた。

聞くタイミングがなかったんだもの……。そう思いながらライアンを見つめる。そうすると、ライアンは口端を上げる。不敵な笑みだった。

「ここはディアルセイ帝国のとある村だ。リマンダから目と鼻の先の村」

ディアルセイ帝国……。

リームア国とはあまり仲がいいとは言えない国であり、その国力は強い。

この大陸の勢力は大きく二つに分けられる。それが、ディアルセイ帝国とリームア国だ。その二つは土地の広さも国力も同じ程度で、だからこそ争いが起きないよう協定が結ばれている。

それを思い出して万年筆を握る手が止まった。

協定を結んでいるからといって国同士が仲がいいわけではない。どちらの国も妙な矜持《きょうじ》を持ってしまっているのだ。ないよりはいいかもしれないけれど、ありすぎてもそれは他国との交流の妨げになる。

互いの国がそれぞれ自分の国が一番だと、強くそう思っているからこそ、ディアルセイ帝国とリームア国の仲はあまりいいとは言えなかった。

だけど、皇族の方は――。

確か、幼いときにディアルセイ帝国の皇太子に会ったことがある。そのときは優しくて、穏やかでとてもいい人だと思ったけれど。

だけどいくら皇族が友好的でも民衆はその限りではない。そして、皇族が友好的であったとしてもそれはあくまで表面上のものであり、そこから国同士の交流に発展することもない。

おそらく、リームア国もディアルセイ帝国もこの関係を崩すことはしたくないのだと思う。

「それで。質問はそれだけか？」

ライアンのその言葉にはっと我に返る。

そんなわけがなかった。考えれば考えるほど、わからないことは増えていく。私はずっと胸の奥で考えていた疑問をぶつけた。

〈失った記憶は、二度と戻らないのですか〉

ライアンはそれを見て、少し考えるようにしながら言った。

「そうだな……。前例が少ないからハッキリしたことはわからない。だけど、代償として記憶が失われるのは事実だ」

それは……つまり、失った記憶はもう戻らない可能性が高いということだろうか。

私は思わず手を強く握ってしまった。今までの思い出全てが、失われるかもしれない……。

そのまま考え込んでいると、ふいにライアンが私に問いかけてくる。

「話せる範囲で構わない。俺もきみのことを聞いていいか？」

「……」

ここまで来たら隠し立てすることもないだろう。私が王太子の婚約者だった、そして公爵令嬢だったことは伏せながら、自分について話すことにした。

「まず、きみはどこの国の生まれだ？　その髪は珍しいな」

〈リームア国です。この髪は生まれつきです〉

サラサラと書きつづって見せると、ライアンは納得したような顔をした。

「なるほど、リームアか。あそこは広いもんな」

続いて、ライアンは私にこう言った。

「それで……きみは記憶を失うことになるわけだが、なにか心残りはないか？　もしあるなら、俺ができる限り協力しよう。……と言っても、おそらく、それは神落ちを倒したあとの話になるんだけどな」

ライアンの言葉に思わず手が止まる。

心残り……。それは、もちろん、あった。だけどもう忘れると決めた過去だ。その記憶は、私にはもう必要ない。

私は首を横に振って答えた。それを見て、ライアンはどこか興味深げに答えた。

「ふぅん。そうか……。ま、俺が聞きたいのはそれだけだな。他に、きみから聞きたいことは？」

〈それだけ？〉

思わずつづってしまった。

他に、もっと気になることはないのだろうか。例えば、私の生い立ちとか、素性とか。どうして破れたドレス姿で倒れていたのか、とか。なぜ髪はざんばらに切られていたのか、とか。どう考えても訳ありな女に、聞くのがそれだけ？　思わずライアンに聞いてしまった。

ライアンはそれを見て、またしても口端を上げて笑った。

「別に、必要ないからな。きみが聞いて欲しいというなら聞くが、そうじゃないなら聞く必要はない」

ライアンはそう言ったが、私は納得できなかった。聞かれなかったのはよかったと思う。だけど、ライアンは気にならないのだろうか。私が誰で、なにがあったのか。

そのまま黙っていると、ライアンはさらに言葉を続けた。

「……なんとなくだが、わかるよ。きみはおそらく、訳ありだ。そして俺もまた、訳ありだ。つまりまあ、聞く必要がないんだよ」

訳あり？　ライアンもまた、なにか秘密を隠しているということだろうか。思わずライアンをじっと見てしまう。

すると、ライアンがおもむろに私の頭に手を伸ばしてきた。

――瞬間、体がこわばった。

その事実に、自分が一番驚いた。だけどライアンはそれには構わず、私の頭を撫で回してきた。

きゃっ……ちょ、痛……くはないけど、髪が乱れる……！

こんなに雑に頭を撫でられたのは初めてだった。咄嗟に頭を押さえると、ライアンはあっさり手を引っ込めた。

「ま、つまりお互い様ってわけだ。だから仲良くしよう」

「……」

それが言いたかっただけなの？

私は少し戸惑ったが、ライアンが聞かないというのならそれでいい。私はそのことに少しほっとした。

ライアンはそんな私の反応を見届けると、ふと机に置かれた懐中時計を見た。いつの間に……。私が来たときはなかったのに。いつ置いたのだろう。その懐中時計はもう深夜近い時間を示していた。

「っと、もうこんな時間か。そろそろ寝ないとな」

どきり、と体がまたしてもこわばった。

そうだ、ベッドは一つ。眠るとなれば、どちらかがベッドを譲るか、もしくは二人で寝ることになる。

未婚の女性が男性とベッドを共にするなどあり得ない。貴族の令嬢ならなおさらだ。もしそんなことがあればすぐに婚姻の運びになるだろうし、醜聞《しゅうぶん》は避けられない。

そこまで考えてふと、気がついた。そうだわ……。もう、私は公爵令嬢ではない。貴族のしきたりに縛られる必要もない。

だから、男性と共にいたってなにも問題はないはずだ。

でも、だからといって……。

だからといって、それなら問題ないわねじゃあ寝ましょう、とはならない。固まった私をよそに、ライアンはさらっと言った。

「隣に部屋をもう一つ取ってるんだ。俺はそっちで寝るから、きみはここで寝たらいい」

「！」

「それじゃあ、おやすみ。……ん？　なにか他に聞きたいことでもあるか？」

ライアンの言葉に拍子抜けする。肩透かしとでも言うのかしら……。同じくらいほっとして、息を吐く。

そしてライアンの言葉に、私は他にも聞きたいことがあったのを思い出した。

〈どうしてあなたは、誰も知らない指輪の話を知っていたのですか？〉

見せると、ライアンはその文字を眺めながら答えた。

「……命がかかれば、死ぬ気で探すってものさ」

「……？」

それはどういう……？

しかしライアンはそれ以上話したくなさそうだった。

なにか、聞いてはいけないことだったのかしら……。ライアンは彼が言っていたとおり秘密が多い人物だと思う。なにか隠しているような気がしてならない。けれど、それは私も人のことを言えないから、お互い様ということなのだろう。

この話についてはこれ以上広げることはやめて、今度は違う質問を繰り出した。

実はずっと気になっていたことで、そして一番聞きたかったことだ。

〈なぜ、熊の仮面をつけていたのですか？〉

それを見ると、ライアンは間延びした声を出した。

「あー……。すまない。特に理由はない」

え。思わず固まると、ライアンはいいや、と言い訳をするように右手を持ち上げた。そして、言葉を続ける。

「あれが露店にちょうど売っていたんだ、あれしかなかったんだ。あのつぶらな瞳、可愛いだろう？　毛並みもよくて、仮面にしてはよくできている。いや別に、俺が可愛いと思って買ったわけじゃない。これしかなくて……」

誤魔化《ごまか》すように立て続けに言葉を連ねるライアンを見ながら、私は一人頷いた。

なるほど、可愛いと思ったのね……。

ライアンの意外なところを見つけて、思わず口元に笑みが浮かぶ。

あの気味の悪い仮面を可愛いと思ったその感性はよくわからないが、ライアンがそれを可愛いと思ったことが意外で、少し面白い。

だってこの、いかにもおどろおどろしい、ともすれば本物にしか見えない熊の仮面を、可愛いって。どうしよう。この人変わってるわ。

小さく笑っていれば、ふとライアンが私をじっと見ているのに気がついた。

「きみ、初めて笑ったな」

「……！」

ライアンに指摘され、思わず口元を押さえた。そんな私を見てか、ライアンも笑っている。

口端を上げる不敵な笑みではない、本当に嬉しそうな、相手のためを思う笑みだった。

それを見て、思わず胸がどきりとはねた。

「そうだ。それと、これだけは伝えておかなきゃな」

「……？」

「きみの魔力は、もっとあるはずだ。……本来、指輪は魔力の吸収に時間をかけない。きみみたいに余命があるほうが珍しいんだ」

つまり、とライアンは一拍置いて答えた。

「きみは指輪に魔力を吸い取られてなお、命を保っている。それは、魔力量の絶対値が高い人間でなければ無理な話だ」

忍び寄る影

「指輪がないと婚約者として認められないい!?」

「はい、殿下は確かにそのようなことを仰っていました」

クリスティ・ロードは跪《ひざまず》いてことの次第を説明した。全ては彼女——ミリア・ヴィアッセーヌを王太子妃に、やがては王妃にするためだ。

くすみのないたおやかな金髪を振り払いながらミリアが問いかけた。

「……それで？　どうやってその指輪の回収をするつもり？」

「それについては既に手を打っております」

クリスティはすぐさま答えた。

ミリアはその返答を聞いてもなお、怪訝《けげん》そうにしている。

それを見ながら、クリスティは思った。

もとより、あの男には話をつけている。あの男は後ろ暗い仕事をなんでもこなす。そう……金さえ出せば。

あの男は金さえ積めばなんでもするのだ。暗殺、誘拐、諜報と種類を問わない。悪辣な内容でもただの買い出しの使いでも。金さえ払えばなんでもする。

そして、その後ろ暗い仕事のやり方に至っては他の追随を許さない。だからこそ、今回の依頼にはぴったりだと思ったのに。

なのに、あの男……。

クリスティは内心舌打ちをする。

証拠を残すことなく、依頼をやり遂げるという点では評価していたが、あの男はとにかく扱いにくかった。

金さえ払えばなんでもするという謳《うた》い文句のくせに、気が乗らなければなにもしない。本当に面倒なものだと思う。

おそらく、あの男にとって殺しは娯楽の一つだ。狂っていると思う。人のことを言えないクリスティではあったが、彼女にその自覚はなかった。

まさか、指輪すら残らないやり方はしてないと思うけど……。

そうは思うが、しかし読めない。

なによりあいつは話が通じないのだ。依頼をこなすものの、それ以外ではなにをどうするかなどわかったものじゃない。

殺しとその処理はあの男に任せた……けれど。それでもあれからまだ数日も経っていないのだ。

まだ指輪の回収には間に合うはず。そして、必ずこの手に戻ってくる。

クリスティは脳内でそう算段をつけながら、内心歯噛みした。

迂闊《うかつ》だった。まさかあの女がそんな大層なものを持っていたなんて。

そこでふと、クリスティは疑問を覚えた。

あの女はクリスティに全幅の信頼を寄せていたはずだ。それは親に内緒で医者にかかるとき、クリスティを連れていったことからもわかっている。

ではなぜ、クリスティに隠し事をしていた？　婚約指輪なんて大層なものを隠し持っていたのだろう。

まさかクリスティが裏切っていることを知っていた……？

思わぬ可能性にぞくりと背筋が震えた。クリスティはすぐに首を横に振ってその可能性を否定する。

いや、まさか。あの女がそんなことまで考えているとは思えない。

ではなぜ、クリスティに指輪の存在を明かさなかったのだろう。

それに不快感を覚え、さらにそれは殺意へと変わった。とにかく、死んでもなお手を煩《わずら》わせるアリエアに腹が立って仕方ない。

「ちなみに、どういう始末の仕方をしたの？　まさかぬるい手は使っていないわよね。万一生きてる、なんてことがあったら」

そこで言葉を止めるミリアに、クリスティは静かに告げた。

「それはあり得ません。アリエア・ビューフィティは間違いなく死んでいます」

なによりあの男が殺し損ねるはずがない。それについては確信があった。

どういう始末方法を取ったかはわからないが、すぐにでも指輪は探させる。それがあれば、全て計画がうまくいく。とにかくアリエアが死んでいると王太子に思わせればいいのだ。

指輪さえ残っていれば、それは解決する。


「……は？　どういうことなのよ」

それから数日後。

クリスティは思わず声を漏らした。例の男に使いを出したはいいものの、返答が得られなかったというのだ。クリスティは使いに出した使用人にきつく詰め寄った。

暗い緑色の髪に黒縁の眼鏡をかけた青年だった。クリスティの手足になるようにとビューフィティ家に寄越された、元ヴィアッセーヌ家の使用人。パッとしない容姿で、一言で言えば地味だ。目じりにホクロがあることだけがせめてもの特徴だろうか。

「どういうこと！　今日までに連絡を寄越せと言ったわよね」

「そ、それが……」

しどろもどろになりながら使用人は話す。

それによると、あの男は使用人の話を聞くなりこういったらしい。

『始末はしたよ。あとは知らないな』

その言葉を聞いてクリスティは激怒した。

「あとは知らないってどういうこと……!?　いや、それより指輪……！」

クリスティは続けて使用人に詰め寄る。それでも与えられた日数内になんとか返答を得ようと頑張ったのだろう、使用人は縮こまりながらクリスティの言葉を聞いた。

「指輪よ！　指輪の話はしていなかった？」

「聞いたのですが、知らない、としか……」

「……ッ！　なにやってるのよ、このグズ！　ノロマ！　使えないわね。使えない駒《こま》なんていらないわ！　ミリア様に言ってお前なんか首をはねてもらうわ。私、使えない人間って大っ嫌いなのよね！」

クリスティは憤慨《ふんがい》して、興奮したまま言葉を重ねた。その言葉を聞いて青ざめたのは使用人だ。すぐに取り縋ったが、機嫌が急降下したクリスティは一向に取り合わなかった。

とにかく、このグズは処分だ。ああ、最悪。貴重な時間を無駄にしてしまった。

そうとなれば、己が直接出向くしかない。このノロマを信じて仕事を任せたというのに、使いすらこなせないとは。とんだグズが寄越されたものだとクリスティは息を吐いた。

そして、向かった先はいつかその男と契約を交わした店。

クリスティがその店の中に入ると、タバコをくわえた男が出迎えた。黒の薄手の丈の長い上掛けを羽織り、フードをしっかりと顔まで被っている。

性別すら見分けがつかないが、クリスティは男だろうと踏んでいた。なにより、暗殺業を生業とする人間が女なはずがない。クリスティにはそういった先入観があった。

「約束が違うじゃない」

低い声でのたまえば、タバコをくわえた男がクリスティを見た。そしておもむろに片手をあげる。

「ああ、この前の」

「確かに私はあなたに処分方法は任せると言った。だけど、適当にやれと言ったわけじゃないわ」

「なんの話かな？　追加の依頼？」

そこまで言われればもとより気の短いクリスティは我慢できなかった。そもそもミリアに散々嫌味を言われ、こちらも溜まっているのだ。クリスティは握り拳を作ると、男に詰め寄った。

「ええ！　じゃあ依頼してやるわよ、金ならいくらでもやるからさっさと働きな！　話は聞いてるんでしょう？　指輪よ、指輪！」

唾をかける勢いで叫ぶと、男は嫌そうに体をそらした。そしてタバコの火を消しながらクリスティに答える。

「ああ、指輪ね。そんなもんあったかな……。とにかく、その依頼、断るよ」

「なっ……なんでよ!?」

クリスティの悲鳴に近い絶叫が狭く薄暗い店内に響く。人気《ひとけ》はないとはいえ、店の中に響き渡る声量だった。男はいかにも嫌そうに黒い上掛けを揺らした。

「なんでって、当たり前だろう？　そもそもあの女が今どこにいるかすら、俺は知らないからな」

「！」

今度こそ絶句した。

今、この男はなんと言った？

『あの女がどこにいるか知らない』？

それはつまり、あの女は生きているということ!?

信じられない思いで、クリスティの顔は赤く染まった。怒りと興奮で感情的になったまま、まくし立てる。

「待ちなさいよ！　どういうこと？　あの女は死んだんじゃないの!?　あなた、契約違反したわけ！」

「ああもう、キーキーうるさい女だな。猿のほうがまだ静かだ」

「なっ……!?」

契約違反したのはそっちなのに！　とクリスティは言葉を呑んだ。だけど言葉がそのまま止まったのは、男の圧倒的なオーラに気圧《けお》されたからだ。それは何物でもない、純粋な殺意。素人《しろうと》のクリスティですらわかる濃度の高い殺意を浴びせて、男はクリスティを黙らせた。

男はため息を吐いて答える。

「……依頼ならちゃんとやったさ。ちゃんと死ぬようには仕向けたからな」

「……どういうこと」

「アンタの要望は『なるべく苦しむやり方で殺して欲しい』だったか？　随分面白い依頼だとは思ったんだ。だがまあ、依頼内容はどうだっていい。問題はそのやり方だ」

「……？」

男がなにを言おうとしているのかわからない。クリスティが黙ると、男はおもむろに立ち上がり、カウンターの中に入った。裏の仕事を斡旋《あっせん》する専門の店ではあるが、男はまるで我が物顔だ。カウンターには店の男が一人いたが、黒い上掛けの男には構わない。

男はカウンター内の戸棚を開けて、なにかを取り出した。そしてそれを手にクリスティのもとに戻ってくる。

「これがなにかわかるか？」

「……地図、でしょ？」

「正解。んで、俺があのお嬢さんを置いてきたのはここだ」

ここ、と指し示された場所はディアルセイ帝国のリマンダ、と書かれた街の近くだった。

リマンダ？　確か、ディアルセイのリマンダはすごく治安が悪くて……、そうだ、思い出した。

クリスティが顔を上げると同時に、男が口を開いた。

「お察しのとおりだよ。ディアルセイのリマンダは人売りの街だ」

「……つまり？」

「もっと言わないとわからない？　人売りが横行する土地で、なにも知らない箱入りの娘が生きていけると思うか？　今頃、満身創痍《まんしんそうい》で死んでるだろうね」

なるほど。シナリオとしてはこれ以上ないほどの出来だ。だけど、肝心の指輪が見つからなければ話にならない。しかも人売りですって？

最悪だ。もし指輪が人売りの手に渡っていれば、それはすぐ売り払われ競《せ》りにかけられているだろう。今頃競売中？　それとももう他の人間の手に渡っているだろうか。それがリームア国王太子の婚約者の指輪と知っている者はいないだろう。

愚かな無知者にすぎた代物《しろもの》、ってわけね……。

クリスティは長年伝わる言葉を思い出しながら男に向き合った。とにかく、問題を複雑化したのはこいつだ。責任を取ってもらわねばならない。

クリスティは男に言った。

「お前、指輪を回収してきなさいよ」

「は。なんで俺が？　それにさっきも言ったとおりだ。その依頼は断る」

「なんっ……！　テメェ、自分の失敗だろうが！　それをよそに断るとか、ふざけてんじゃねぇよ！　これは契約って話だっただろうが！　それに……」

「あのさ……だからさっき俺、うるさいって言ったよね。同じこと、二回も言わなきゃわからない？」

——元々、クリスティは農家の出だった。

それをミリアに取り立てられて、ヴィアッセーヌ伯爵家の推薦で、ビューフィティ家の侍女となった。その過程で言葉遣いや礼儀作法、立ち居振舞いは貴族に仕える者として恥ずかしくないように勉強し、身につけた。だけど今のように我を忘れるとつい昔の言葉が出てしまうのだ。

クリスティの口汚い罵りが店内に響き、さらにクリスティがなにか言葉を続けようとする直前。チャキ、という軽い音が響いた。

見てすぐに理解する。男の短剣がクリスティの喉に当てられていたのだ。瞬時にクリスティは言葉を失った。もとより、クリスティは荒事に慣れているわけでもない。

もしこの場で戦闘になれば、クリスティの負けは見えている。

「……っ」

「やっと黙った。本当、うるさいよね。ギャンギャンギャンギャンギャン。これだから学がない人間は嫌だ」

　もしお前が標的《ターゲット》だったらすぐに殺してるよ、と男は続けるとさっと短剣をしまった。

　クリスティは生きた心地がしなかった。自分が生きていることを確かめるよう首筋に手をやる。ぬるり、となにかが滑る。それは紛れもなくクリスティの血だ。僅かに刃が食い込んでいたのだ。それに気付いてまた、クリスティの心臓はドッドッ、と不吉な音を立てた。

「情報は与えたんだ。あとはそっちでなんとかしな。俺は言われた仕事をこなしただけだ。だいたい、処分方法は俺に任しておいて、あとからなんだっていう話だよ」

「……」

　クリスティはトン、と肩を押されてそのまま二、三歩後ずさった。

　クリスティは首を押さえたまま、俯《うつむ》いた。そしてぱっと踵を返して店を出る。これ以上ここにいても意味がない。それ以上に――私まで殺される！

　クリスティはそのままバタバタと走り店を出ると、大通りまで戻った。肩で息をしながら自分の首に手をあてる。

「全術癒式六の理《ぜんじゅつゆしきことわり》――天癒《セラピア》」

　ぽわ、と淡い光が首元に宿る。そして、次の瞬間には剣傷はなくなっていた。世界共通の治癒魔法だ。幸い傷は浅いから簡単な魔法で事足りた。

　クリスティは傷が塞がったことを確認すると、人目をはばからず舌打ちした。

クッソ、あの野郎！　仕事が確かだっていうから頼んでやったのに、なんだこの結果は！

絶対に許さない……。

クリスティは心の中で罵りながら、大通りを歩く。その隣を小さな子供が駆けていった。

賑《にぎ》やかな人混みの中で、ひとり怨嗟を唱えるクリスティはひどく浮いていた。だけど彼女にはそれを自覚する余裕はない。クリスティは今後の作戦を考えながら、次に打つ手を考えた。

とにもかくにも、現地に行ってみないとわからない。

「ディアルセイ帝国のリマンダ……ね」

クリスティは小さく呟《つぶや》いた。

第3章

旅の始まり

ダレル

鳥の鳴く声で目が覚めた。

朝だわ……。

昨日までは明日をも知れぬ身だったというのに、今は未来があり、目標がある。昨日はいろいろなことがあったな、と思い出していると部屋の扉が叩かれた。

おそらく、ライアンだろう。

「おはよう。起きているか？」

それを聞いて私はベッドから降りると、机の上に置かれたままだったメモ帳と万年筆を取る。

そしてあまり待たせてはいけないと急ぎ足で扉に向かった。

ライアンが選んでくれたというクリーム色のワンピースは軽やかで、動きやすい。

窓の外を見ればまだ朝早い時間らしい。窓枠に雪が積もっているのが見えた。

ガチャリ、と扉を開けると既に支度を終えているライアンがそこにいた。

「お。早いな。もう起きていたか」

相変わらず朝から変わらぬ美貌だわ……と思いつつ、メモ帳に文字を書き連ねていく。そういえば、ライアンには雪がぴったりだと思う。雪色の髪に、雪色のまつ毛、そして白い肌。瞳は深海のような青だけど、それ以外はどこをとってもこの人は白い。

〈おはようございます〉

「うん。おはよう。朝食の用意ができているから、行こうか」

私はその言葉に頷いてから、柱を机にして文字を書く。

〈顔を洗ってきます。少し待ってください〉

「ん。わかった。隣の部屋にいるから、準備が終わったら合図してくれ」

そう言うと、ライアンは踵を返す。

ライアンの三つ編みは今日も綺麗に編まれていた。随分綺麗に結ってあるけれど、自分でやっているのかしら。だとしたら相当器用なのね。

そういえば、ライアンと私の髪色は似ている。だけどライアンのほうが白みが強い。私のは完全に銀、という感じだが、ライアンはどちらかというと白だ。まさに雪のような色。

今更ながら髪色が似通っていることに気がついた。

顔を洗って朝の支度を終え、ライアンと共に朝食をとる。食事の際仮面はどうするのかと思いきや、ライアンは器用にも仮面をつけたまま食事をしていた。視界が狭く食べにくいだろうに彼は慣れた様子でスプーンを仮面の下の口元に運んでいる。おそらく本当に慣れているのだろう。

朝のメニューはパンとスープ、サラダといった軽食だった。スープは野菜に味がしっかりと染み込んでいて、どこか懐かしい味がする。柔らかいパンをちぎりながら食べていると、ふと目の前のライアンの食事作法に目が止まった。

やっぱり、食べ方も綺麗だわ。

最初から感じていた違和感。ライアンの立ち居振舞い、仕草には品がある。ただ品があるだけではない。オーラが、雰囲気が、上品なのだ。それは付け焼き刃的なものではなく、昔から染み付いたもののような……。

しかも、ライアンの話し方や動きには覚えがあった。ついこの間まで私が参加していたパーティーにいる――、
貴族のよう。

まさか、と思う。もしかして、ライアンは貴族の出なのだろうか。だけどその素性を隠している……？

でも染み付いた行儀作法や仕草というのは抜けない。今だって本人は普通に食べているつもりなのだろうが、食べ方から上品さがうかがえる。これは一朝一夕で身につくようなものではない。

……ライアンは自分のことを訳ありだと言っていた。

それは、どういうことなのだろう。彼が〝訳あり〟だというのは、彼の素性に関わることなのかしら。もし彼が貴族で、なにか事情があって素性を隠しているというのなら、それも納得

できる。私も似たようなものだからだ。

あ、だからライアンはお互い様だと言ったの?

そんなことを考えていると、ふいにライアンが顔を上げた。ぱちり、と視線が絡む。

「今日の予定だが」

「……」

こくり、と頷く。今はパンをちぎっているから両手が使えない。頷くことで返事をするとライアンはスプーンでスープを掬いながら言葉を続けた。

「近くにダレルという街がある。ひとまずそこに向かおう」

……ダレル? 聞いたことのない街だった。それと同時に、私は不思議に思った。

ここからはリマンダの街のほうが近いのではないだろうか。ここからリマンダは目と鼻の先だとライアンは言っていた。それならなぜ、そのダレルという街に寄る必要があるのか。

私が疑問に思っているのが顔に出ていたのだろう。ライアンは少し笑って——といっても仮面でほとんど見えなかったが。雰囲気的に、微笑んだのがなんとなくわかった——言った。

「治安がよくない街なんだが、ちょっと、気になることがあってな」

気になること……?

聞きたかったが、あいにく食事の席に筆記用具は持ってきていない。

ライアンを見ていると、彼は僅かな音さえ立てずに皿の上の皮付きポテトを切った。その上品な所作が、やはり引っかかる。教養がなければ音を立てずに食事をすることは無理だ。よっぽど、マナーを仕込まれていない限り……。

「ん？　食べないのか？　……食欲がないのか？」

ライアンは私を見て、少し首を傾げた。

その声が、あまりにも私を案じるそれだったから、私ははっとして首を横に振ってみせ、朝食に出てきた半熟ベーコンエッグを切り分けた。

ダレルの街……。どんな街なのかしら。だけどここからさほど遠くないということは、ライアンの言ったとおり治安はよくないのだろう。そんな場所に、どうして。なんの必要があって？　気にはなったが、私が聞ける部分ではないかもしれない。

それに、ライアンが行くというのなら私もついていくほかない。私は小さく頷いた。

半熟卵はとろとろで、あたたかかった。公爵令嬢として生きていたときはこんなにあたたかいご飯は食べたことがなかった、と気付く。そのあたたかさがなんだか胸に染みた。出てきた料理はいつも冷えていたから。それを、不満に思ったことはないけれど……。

公爵令嬢として、貴族として、毒味をした料理が運ばれてくるのは当然だ。当然、それを不満に思ったことはない。だけど、今、こうしてあたたかい料理を食べていると……、どうしてだろう。美味しい、と感じた。

料理の質で言えば公爵令嬢のときに食べていたもののほうが断然上だ。だけど、両親は私になんて興味がなかったたし、共に食べてくれる人もいなかった。食事のときはいつも一人、冷えたものを口に運んでいた。寂しい、と思ったことがある。まだ、小さいときの話だ。

そう、確かその話を、彼に……フェリアル様にしたことがあった。まだ幼かった私は感情を制御できなくて、彼の前でつい泣いてしまったのだ。

寂しい、と。ひとりぼっちは嫌だ、と。ああ、確かそのときだったかしら……。

『アリエアはひとりじゃないよ』

と。

そして、彼は泣いた私を見て、微笑みながら言った。私の頭を優しく撫でながら、私の手を取って、その小指を絡めてきたのだ。

『大人になったら結婚しよう、アリエア。私たちは、婚約者なんだ。このままいけば、私たちは結婚する。そしたらもう、そんな寂しい思いはさせないから』

そう言って、くれた、のに……。

思い出すと胸が切ない痛みを訴え、涙が滲《にじ》みそうになる。どれだけひどいことをされても、裏切られても——いや、裏切られるという言葉こそが驕りなのかもしれない。彼は、王太子だ。王太子である以上、王家の生まれである以上、妻は一人とは限らない。側妃だって娶れるし、なにも正妻が一人である必要はない。彼は、裏切ったつもりはなかったのかもしれない。ただ、妻とする人が増えただけで。それを見て、瞬間的にショックを受けて。裏切った、と思う私のほうがよほど――。

暗澹たる思いが立ち込めて、私はまたしても手を止めてしまった。ライアンに声をかけられて我に返る。

「また面倒なことを考えているんだろ」

弾かれるようにして顔を上げると、ライアンはとんとん、と自分の……熊の面を指さした。

どうやら、私の額を示しているらしい。

「皺《しわ》が寄ってる」

「……」

「いいか？　俺はきみになにも聞かない。聞く必要もないしな。だけど……これだけは忘れるな。旅は始まってるんだ。なにがあろうと、この旅が終わるまで、きみには付き合ってもらう」

「……」

「あー、だからなんだ。そうやって過ぎたことを後悔するより、目の前のことを考えたほうがいい。これからは……おそらく、かなりきつい旅になるだろうしな」

ライアンはそう言って、ナプキンで口元を拭った。どうやらライアンは食べ終えたらしい。

それを見て、私も慌てて食事を再開する。

ライアンの言葉が、図らずも私の心を軽くしていた。

思った以上にダレルの街というのは近かった。踏みしめるごとにぎゅっぎゅと音を立てる雪道は結構歩くのに体力を使った。少し汗をかいた私とは対照的にライアンは特に変わりなさそうだ。元々旅をしていたからおそらく体力はあるのだろう。

宿からはリマンダが一番近いと聞いていた私は不思議に思い、ライアンを見た。もう少しで街の中に入る。街の入り口を知らせる、石で作られた門がそびえ立っていた。

私は歩きながらポケットに入れたペンとメモ帳を取り出して、ライアンの服を摑んだ。ライアンが振り向く。私がメモ帳を摑んでいるのを見て、察したらしい。ライアンがこちらに向き直った。

彼は相変わらず不気味な面をつけていて、それが朝の光を反射していてより一層不気味さに拍車がかかっている。本人は気に入っているようだが、やはりライアンの趣味はわからない。

私は手早く文字を書き付けて彼に見せた。

〈リマンダより、ダレルの街のほうが近いのでは？〉

それだけでライアンは私が言いたいことがわかったらしい。ライアンは私の右手を取って歩き出すと、声を潜《ひそ》めて言った。

「まあ……街、と言っても地図には載ってないからな」

「……？」

不思議に思ってライアンの顔を覗き込むと、ライアンがこちらを見て首を横に振った。

「ある意味リマンダの街より厄介かもしれない。この街は――裏街なんだ」

裏、街……。聞いたことのない言葉だった。だけど、ライアンの言う〝地図にない街〟という言葉から、なんとなく想像はつく。

街を守る砦《とりで》の門のようなところに人々が並んでいるのが見える。入場審査みたいなものがあるのだろうか。私はそれを見て、どこか違和感を覚えた。

……男性が多い。女性の姿は全くと言っていいほど見えなかった。

男性しかいない土地に、足を踏み入れるのはなかなか勇気のいることだった。いやでも、あのときのことを、雪道に押し倒されたときのことを思い出してしまう。ぞくりと足元から寒気が押し寄せてきて、私はたたらを踏んでしまった。それを見たのか、ライアンは私に声をかけた。

「あれは流れのものだな……。裏街というから予想はしていたが」

「……?」

私が首を傾げると、ふいにライアンが私の着ていたローブのフードを引っ張る。

「……!?」

突然のことに驚くと、ライアンの熊のお面がじっと私を見る。やはり、怖い。これにはいつまで経っても慣れないだろうとどこか放心状態になりながら私は思った。ライアンは私のローブを無理やり引っ張って深くフードを被せると、入り口のほうを見た。男たちは吸い込まれるように中に入っていく。

「裏街に入る女性はほとんど、それを生業とした職業の女性だ。つまり、きみが入れば……」

……商売女と、勘違いされるということ？

私はライアンの言葉を引き継ぎ、内心で思った。自分のポケットから紙と万年筆を取り出してさらさらと言葉をつづる。それを身長差のせいで少し高い位置にあるライアンの顔に突き出した。

〈危険がある、ということでしょうか？〉

こんな危ない土地にいて今更危険もなにもないとは思うけれど、慌てて顔を隠されたことからそうなのかと考えた。私の書いた言葉を見て、ライアンはしばらく黙っていたがやがて息を吐いた。そしてポスポスとフードを被った私の頭を簡単に撫でる。

「そうだな。危険、というより……」

「……？」

ライアンはそこでまた私を見て、どこか言いにくそうな雰囲気を醸《かも》し出した。そして、ややあってから呟《つぶや》くようにこぼした。

「誘いがかかるかもしれないからな」

「……？」

私が不思議そうにしているのがわかったのだろう。ライアンは服についた雪を払いながら答えてくれた。

「きみがそういった生業だと勘違いされると、そういう、含みのある目で見られる。声もかけられるかもしれない。だから、その対策だよ」

「……」

私はなんとも言えない気持ちになった。あの街の中では、きっと、私が想像だにしない毎日が繰り広げられているのだろう。裏街というのだから当たり前だ。

自然と逃げ腰になってしまう。だけど、私の命を長らえさせるためには……。いや、可能性があるとしたら、この旅を続けることだ。

記憶は失う。私はなにもかもを忘れてしまうのかもしれない。だけど、記憶があったとしてもどうせ、私はあと半年したら死んでしまう。

「……」

胸が痛む。それは感傷なのか。切なさから来る痛みなのかわからなかったが、じくじくと痛んだ。

こうなってから、思うことがある。いや、余命を告げられてからずっと考えていたことだ。

どうか、これが夢であったなら。

どうか、これが嘘であったなら。

この全てが、なにもかもが夢で、悪夢で、嘘であったなら。目を覚ませばいつもどおりの毎日が待っていて、フェリアル様からのメッセージカードが届いていて、ライアンには出会わず、私は公爵令嬢として、王太子の婚約者として、今も毎日を過ごしているのではないか。

そんな、現実逃避めいたことを考えてしまう。その甘くも愚かな夢想をしているときは幸せだから。とろけるような、甘美な夢に包まれていられるから。

私が黙っていると、ライアンは街の入り口のほうに視線を移した。

……だけど、これは悪夢でも、夢でも、なんでもない。

これは、事実だ。現実だ。本当の、今、目の前で起きていること。それを忘れることは、自分自身を見捨てることになる。私は私のために、前に進まなくては。この恋心は捨てなくてはならない。忘れなくてはならない。ずっと、婚約してからずっと好きだった彼。

それを忘れることはすなわち、私の今までの人生全てを否定することに思えた。

裏街ダレル。地図には載っていない街の門に近づくと、街を守る門番が睨《ね》めつけるように私たちを見てきた。その瞳の含むところに思わず私は後ずさりそうになる。

なに？　この……言いようのない、不快感……。いや、まとわりつくような、気持ち悪さは……。

すると、そっと私の背を優しくライアンが数回撫でてくれた。それにはっとして居住まいを正す。舐められたらダメだ。格下に見られたら、不利な物言いをされるかもしれない。私はぐっと唇を噛みしめて彼らを見た。

門番はじっと私たちの顔を順繰りに見ると、やがて一つ頷いた。

「500だ」

「……随分高いな、値上げしたか？」

ライアンはそう言いながらもカバンから小銭の入った袋を取り出した。それを見ながら男は首を振って答える。黒髪に痩《こ》けた頬、黒い瞳をしていたがその目はどこまでも濁っていて、果てがないように見えた。

「さぁ。俺はなにも聞いていない」

「そうか。ほら、500だ」

ライアンがおもむろに金貨を二枚取り出す。思わず二度見した。思わぬ大金である。しかしそれを門番の男は手馴《てな》れた様子で引き出しにしまい込んだ。そして、ライアンになにか差し出す。仮面……？

まるで仮面舞踏会で使うかのような、目元だけを隠す仮面が二つ。それをライアンが受け取る。

「どうも」

「……次の方、どうぞ」

ライアンが短く礼を告げるも、門番は応えない。もはや私たちへの興味を失ったかのようだ。

街に入ると、ライアンに仮面を渡された。気がつけばいつの間にかライアンの顔から熊のそれが消え、代わりに渡された仮面が鎮座している。

私は首を傾げて、渡されたこの仮面を私もつければいいのか、と疑問を視線に乗せた。ライアンはそれを受けて頷いた。目元がわからないが、ライアンの煌《きら》めくような雪色の髪ははっきりわかる。

「この街では顔を隠すのがルールなんだ。……しかし、思った以上に賑やかだな」

ライアンが言ったとおり、街はかなり栄えていた。顔をペイントで飾ったピエロや、どこぞの店へと客引きをする男。女性は少なかったが、数人はいた。

「この街にいる奴らは、牢屋に引っ立てられるだけの経歴がある者がほとんどだ。俺から離れないでくれ」

ライアンに告げられて、私は小さく頷いた。

渡された仮面は羽がついていて豪華だ。周りの人の仮面も似たようなもので、区別がつかない。私もそっと仮面をつけると、世界が狭まった。

とりあえず腹ごしらえをしようということになって、私たちは店へと向かった。気がつけば宿を出てから結構な時間が経っていた。

雪道を歩いて疲弊《ひへい》したのか、足の疲れを感じる。だけどここで止まるわけにはいかない。まだ、空は明るい。

ライアンが選んだ店に入ると、店の中には客がたくさんいた。随分盛況なようだ。男性が多いが、女性も多い。しかしその誰もが仮面をつけていた。

席に座ると、ライアンが私を見て言った。

「俺は決まっている、きみは？　なんにする」

「………」

私はテーブルの上のメニュー表を取って、僅かに逡巡した。野菜のミネストローネもいいが、これから動くことも考えてもう少ししっかりしたご飯を食べたほうがよさそうだ。そもそもミネストローネは副菜であって主食ではない。

私は少し考え、炭水化物をとることにした。そっと黄色と赤のコントラストのそれを指し示し、これにします、と口の動きだけでライアンに伝える。

ライアンはそれを見て、小さくその唇に笑みを浮かべた。熊のお面だと口元が見えないからわかりにくいけど、この仮面だと口元が見える。

ライアンが呼ぶとすぐに店員がやってきた。その店員もまた、仮面をしている。少し特殊な世界である。

ライアンがオーダーすると、店員はカウンターの中に戻っていった。テーブルに置かれた水のグラスをライアンが手に取って一気に呷《あお》る。

「はぁ……。いや、雪道っていうのは結構疲れるな。きみは大丈夫だったか？　なるべく配慮はしたつもりだったんだが……」

こくり、と頷くと、ライアンは口端に笑みを浮かべた。

「しかしきみ、もっと肉を食べたほうがいい。これから長い旅になるんだからしっかりとここで栄養を取っておくべきだ」

私はその言葉を聞いて、ポケットから紙と万年筆を取り出す。

〈ライアンこそ野菜ばかり食べていますが、お肉は嫌いなのですか〉

紙を見せると、ライアンは僅かに驚いた様子だった。仮面にさえぎられて、その表情はわからないが。しかしライアンはまた口元に笑みを浮かべてあっさり答える。

「いや、嫌いっていうより……」

ライアンがそこまで言いかけたとき、少し離れたテーブルから歓声が上がった。男性の声だ。見れば、そのテーブルにはたくさんのビールが置かれていた。

酔っ払いだろうか、こんな昼間からよくお酒を飲めるものだ。

見れば、片方の男がテーブルに伏していて、もう片方の男が歓声を上げていた。周りには何人かの観客すらいる。

「飲み比べか。昼間からよくやるな」

ライアンが言う。私が問うように見ると、ライアンはとんとん、と指をテーブルに打ちつけながら答えてくれた。

「酒を飲み比べてどちらがたくさん飲めるかやるんだよ。大抵なにか賭けるものだが……今回は飲み代かな」

「……」

私はそっと男たちに視線を戻した。テーブルに突っ伏しているのは、小柄な男性のようだった。彼もまた仮面をしているが、その髪色は銀色。彼は顔を上げて、対面に座る男を見た。

「いやぁ、負けちゃった負けちゃった。もう飲めねぇや」

「さて、んじゃ約束どおり金ェ払ってもらうことにするかな。まだまだ俺は飲めるんだ」

「きっついなぁ。有り金全部なくなっちまうよ」

負けた男はあっさりそう言って笑っている。テーブルに並んだ酒瓶の量からして少ない額ではなさそうだが、よほど金があるのだろうか。そして、男はメニュー表を手に取った。

「もう酒はいいや。俺はなんか……つまみでも貰おうかな」

「おいおい、お前まだ食うのかよ！」

相手の男が笑って野次を飛ばす。周りを囲む男たちもテーブルを囲んで二人の様子を楽しそうに見ていた。

「口直ししてぇんだよ。……んーじゃあそうだな……俺はこのチーズ巻きと……」

銀髪の小柄な男が一通り注文するのに合わせて、対面の男がまた酒を頼んだ。まだ飲むのかよ！　と外野が野次を飛ばす。聞くつもりはないのだが、声が大きすぎてこちらにまで聞こえてきてしまう。ライアンはグラスを傾けながら、聞いているのかいないのか、黙っていた。

「そうそう。こんな話知ってるか。酒飲みついでに話してやるよ」

「あん？」

ぱたり、とメニュー表を閉じて銀髪の男が話し出す。男は仮面のせいで口元しか見えないが、それでも軽薄そうな印象を受けた。

「神話の一つっつー……なんだっけかな。あれ、指輪か」

「ああ、指輪を集めて魔王を倒すっていう、あれだろ。オペラでよくある」

突然出てきた指輪という単語に、思わずそちらを見た。ライアンは驚いているのかそうでもないのか、ただ黙っていた。知らずして沈黙が漂うテーブルに、店員がやってきた。その手には湯気の立つオムライスの皿とライアンが頼んだ野菜のチーズ巻きが載っている。

「お待たせしました」

そう短く言って店員が料理をテーブルに置いた。ライアンが小さく頷き、私もそっと頷いた。

銀髪の男の話は続いていた。

「あれ、実は違うんだってよ！」

「はー？　なにそれ、俗説か？」

「なんでも、指輪はまだあって、守り神っつーのが逆で、災厄なんだってよ」

……!!

咄嗟に口を押さえる。なぜ、その話を。私でさえ、つい昨日聞いたばかりの話だ。

思わずライアンを見る。彼は私の視線を受け止めると、人差し指を唇に当てて、黙っているよう合図する。私はそれを受けてこくりと頷く。

だけど、言いようのない焦燥《しょうそう》が胸を焦がした。なぜ、誰も知らない、いや、知りようのない話を彼が知っているのか。

そもそもこの指輪が災厄を封じ込めるものだと知っているのは今の指輪の持ち主か、その関係者だ。あやふやな伝承でしかないその物語を信じている者などいない。だからこそ、そんなこと、知りようがないのに。どういうこと、なの……。

「神落ちって言ってな。それを指輪に封じ込めてんだってよ！　そんでもって、そろそろそいつが復活するらしい」

店の中でその男の言葉を正しく理解できたのは、おそらく私とライアンだけだろう。

復活する……？

いや、それよりも。

ライアンは、神落ちとは人々の記憶に残れば残るほど、力を持つと言っていた。そんなのでも、一応神だから、と。神は人が覚えていることでその力をつなぐ。銀髪の男はただの世間話として話しているようだが、これが広まると少しまずいのではないだろうか。

私がそう思ってライアンを見たときには、既に彼は立ち上がっていた。そしてそのまま件《くだん》の男たちのテーブルへと向かう。

銀髪の男の話は、しかし真相を知らぬものからしたら突拍子もない作り話であり、彼らは爆笑していた。

「復活って！　じゃああれか、また守り神様が現れるっつーのか」

「逆だって、兄さん。守り神が神落ちでぇ……えーと、なんだっけ？」

しかし銀髪の男も酔っているらしい。話している言葉の脈絡がなくなってきている。

そこでライアンがおもむろに彼らのテーブルに手をつき、じゃらりとなにかを置いた。小銭入れだろうか。明らかに質量のある袋を置くと、ライアンは銀髪の男に話しかけた。

「面白い話をしてるな。俺も混ぜてくれないか？」

「おっ、いいねぇ兄ちゃん！　あんたも飲み比べするかい？」

対面に座っていた男がライアンの置いた小銭袋を見て楽しげな声を上げた。それとは逆に、銀髪の男はテーブルに頰杖をついてライアンを見ているだけだ。

「いいや。俺は下戸《げこ》だからな、話を聞くだけにさせてもらうよ。どうにも珍しい話を聞いたからな」

ライアンの言葉に、近くにいた男が問いかける。

「お兄さん、そういう職のお人かい」

そういう、の意味がわからないがライアンが鷹揚《おうよう》に頷く。どうやらライアンはそういうことにしたらしい。ここは、素性の知れぬ人間が集まる街だ。男はあえてぼかした聞き方をしたのだろう。ライアンは銀髪の男に話しかけた。

「まあな。それで、きみ、どこでその話を？」

「……〝始まりの地〟ってどこか知ってるか？」

「は？」

ライアンが聞き返すと、銀髪の小柄な男の唇が弧を描いた。そして、テーブルに置かれた酒に手を伸ばすとそのまま一気に呷る。

ぷは、と一息ついて、彼はライアンに言った。

「本で読んだだけさ。それだけ」

「本で……？」

本に書き残されているようなものなのだろうか？　それはどこに？　どこにあるのかしら……？

私はひとり残されたテーブルでライアンたちを見ていたが、ふと視線を落とし、届いたばかりのオムライスをじっと見た。そしてようやくスプーンを握ってオムライスへと手を伸ばした、そのとき。

外から悲鳴が聞こえた。

「……！」

咄嗟にそちらを見る。店内の男たちも驚いた様子だった。そして、数秒もせずに突然店の扉が開いた。転がり込むようにして入ってきたのは一人の男だった。

「た、大変だ！　娼館から火の手が上がってらぁ!!」

その言葉に、瞬く間に店内はパニックに襲われた。かくいう私も驚きのあまり思わず固まった。客は次々に店から出ていく。我先にと逃げていく中には、銀髪の男もいた。酔っ払っていたはずの男たちはしかし緊急事態に酔いが醒《さ》めたのか、慌てた様子で駆け出していった。残ったのは私と、ライアンの二人。店員も気がつけば誰一人いない。

「アリィ、こっちだ」

ぐっ、と力強い手で上に引っ張られた。椅子の上で硬直していた私の手を取り、ライアンは私を立たせた。そして、扉の外へと急ぎ足で促す。私は半ば呆然としながらもそれに従った。

店の外に出ると、あちこちで怒号や怒声が上がっていた。

突如として上がった火の手は、冬の乾燥した空気だと非常によく燃える。外に出て見上げれば煙が空にかかっていた。随分大規模な火事らしい。

ふいに強く手を引かれた。それと同時に、キィン！　という高い金属音がする。

襲撃されてる!?

私が気付くのと同時に、ライアンが何者かと剣を合わせていた。その真っ白な剣身には、花のような紋が刻まれている。柄《つか》には華奢な雪色の拵《こしらえ》があり、ひと目見て高価なものだとわかる品だ。

対峙している人物を見れば、その人もまた仮面をつけている。骨格からして、女性だろうか。黒髪を一つに結んだ彼女はライアンに打ち込んでいたが、短く舌打ちするとそのまま、すぐに後ろへと下がった。そして、じりじりと距離を開けるようにして下がっていく。

一体、なにがどうなって……。困惑しているうちに、女性は地を蹴って近くにあった路地裏へと入っていってしまった。

ライアンが追いかけようとしたが、ふいに足を止めた。暗くてよく見えない路地裏を、彼女が駆けていく。

……一発で仕留められなかったから、逃げた？

そうとしか見えない。路地裏に走っていった黒髪の女性は、その奥で誰かと合流した。暗い路地裏にあってもわかる、赤い、燃えるような髪の、こちらもおそらく女性。

見ていると、一瞬だったが、その赤毛の女性と目が合った。

どきり、と心臓がはねる。本当に一瞬、だけど彼女たちはすぐに路地を曲がってその姿は消えてしまった。

「…………」

黙ってそれを見送っていると、ライアンが小さく舌打ちをした。そして彼は剣を収めながら呟《つぶや》く。

「なんだったんだ？　一体……」

どうやらライアンにもわからないらしい。

店に入ってからの怒涛《どとう》の展開に頭の整理が追いつかない。銀髪の男の話に、突然の火事、そして襲撃。

そうだ、確かあの小柄な銀髪の男がなにか……。

私はそのときのことを思い出そうとして、同時に食べ損ねたオムライスのことを思い出した。出てきたばかりの店を振り返るが、火事は近く、いつ火が移ってきてもおかしくない。それほどまでに火の勢いは強い。食事は違う所でとるしかないだろう。

それにしても、誰も知らない、指輪の真実を知っているあの男……。なぜそれを知っているのかとライアンが問いかけたとき、確かに彼はこう言っていた。

『……〝始まりの地〟ってどこか知ってるか？』

始まりの地……。

指輪の発祥地、ということなのだろうか。情報が少なすぎる。もっと話が聞けたらよかったが、火事の騒ぎで男もどこかへと消えてしまった。

「……この分だと、消火までかなり時間がかかりそうだ。街が落ち着くのも同様だな」

「……」

「仕方ない。一旦宿に戻ろう。ここに来た本来の目的も、まあ……半分だが果たせた」

「……？」

半分……？

私とライアンがここに来てしたことといえば、店に入って料理を注文したくらいだ。そのどこにライアンの目的があったのだろうか。

不思議に思うが、今街中で突っ込んで聞く話でもないだろうと思い、私は黙った。

なにも収穫がない一日のように思えたが、ライアンは考えることがあったのか、帰る道すがらずっと黙っていた。ライアンの考えていることがわからない。

でもなんとなく私はそれが、彼の秘密に直結するものではないかと思った。であるならば、私もまた秘密を抱えている身としてはなにも聞くことができない。私にできるのは、黙ってライアンと共に宿に向かうことだけだった。

それから私たちはまた朝の宿へと逆戻りし、その日を終えた。

リマンダ

宿で一泊し、次の日。私とライアンは一階にある食堂で食事をとりながら、これからのことについて話し合っていた。

ちなみにダレルの街で貰った仮面は街を出るときに廃棄させられた。なので、ライアンは今日もまた熊のお面をつけている。相変わらず、これに慣れる日が来るとは思えないわ……。

「今日から、本格的に旅を始める」

ライアンの言葉にこくり、と一つ頷いた。

ライアンはスープをひと口飲むと、自然な動作で自分の口元をハンカチで拭いた。

その流れるような上品な所作を見て、彼が貴族階級の人であるという確信が強まる。昨日の食事でも思ったことだった。

「ここはなにかと不便だ。きみの呪を相殺するには街のほうが安心だ。……ダレルも街ではあったが、正規の街ではないからな。あそこでは不測の事態が起きたとき対処するのに時間がかかる」

私は頷いて続きを促した。ライアンはどこか言いにくそうにしながらも続けた。

「あー……つまり、これからリマンダに向かうんだが、その、大丈夫か？」

「……？」

その言葉に首を傾げる。

そしてライアンの言葉をもう一度反芻《はんすう》した。リマンダ、リマンダ……。確かになにか引っかかる気がする地名だ。

私はパンをちぎる手を止め、少し考えた。そして、答えはすぐに見つかった。

ディアルセイ帝国のリマンダ……！　人売りの街……！

政治に疎《うと》い私ですら知っている土地名だ。リマンダはディアルセイ帝国の中で最も治安の悪い土地だ。人攫いや暴行が横行していて、普通の人間であればまず近寄らない。

裏街・ダレルは地図に載っていない街ではあるが、そこまで治安は悪くなかった。それはおそらくみなが仮面をして、素性を隠しているから。そして私もまた、裏街を利用する客と見なされたからなのだろう。

そして、ふと思い出した。

そういえば、私はこの近くに捨てられていた。リマンダの街からそう遠くない道端に。それはつまり、私を人売りに売らせるつもりだったのだろう。

今になって、あの人物の言葉の意味を知る。

『さて、これからのあなたはただの娘です。なにもない、ただの村娘。頑張って生き延びてください』

思わず歯噛みした。どう頑張ったって、あの状況じゃ助かるはずがない。

もしライアンが通りかかっていなかったら、そうしたらきっと私は――。

少し間違えれば訪れていた未来に、息を呑む。今になって恐怖が、恐ろしさが、恐れが、私を襲った。

パンをちぎる手が止まった私に、ライアンが言葉を重ねる。

「きみのことは守る。なにがあっても、俺がきみを守ろう。だから、安心して俺と共に来て欲しい」

「……」

私の手が止まったのを、リマンダに向かうのが恐ろしいからだと思ったのか、ライアンがそんなことを突然言った。本当は、違うんだけれど……。リマンダに行くのが怖いんじゃなくて、訪れていたかもしれない未来に恐怖していた。

思わずライアンを見れば、彼もまたまっすぐ私を見ていた。その目を見て、なぜか視線を合わせていられなくなり、ぱっと視線をそらす。

わ、私今、どうして……。

両手を強く握りながら、私はぎこちなく頷いた。

すると、ライアンの嬉しそうな声が耳に届いた。

「よかった。拒否されたらどうしようもないからな。ただし、一つだけ注意事項がある」

「……？」

その言葉に顔を上げる。

ライアンは喉が渇いたのか、グラスを手に取っているところだった。水差しを傾けてグラスに水を注《そそ》ぐ。そうしながらライアンは言葉を続けた。

「絶対に俺から離れないでくれ」

「……」

「知ってのとおり、リマンダは危険な街だ。本来であれば通りたくないんだが、あいにくとリマンダ以外の街はここからだと少しかかる。きみの声が出ない状況での長旅は、極力避けたい」

「……」

私は小さく頷いた。グラスを手に取り、水を飲むとライアンは続けて言った。

「なに、きみのことは俺が必ず守る。だから安心してくれ。ああ、きみも水飲むか？」

突然聞かれて、思わず私は自分のグラスを見る。気がつけばいつの間にか私のグラスは空になっていた。緊張していたのかしら……。

私は小さく頷くと、ライアンに水差しから水を注いでもらった。

部屋に戻り、出発の準備をしているときにふと思った。

そういえば、ライアンは指輪を集めていると言っていた。

私とライアンの指輪合わせて二つ。残り一つ、その指輪を探すということ。とりあえず今の目的地はリマンダになっているが、そのあとはどうするのか。

私はどうせ記憶を失う。だから今は知らなくてもいいことなのかもしれない。だけど気になったことは聞いてみたくなって、私はブーツを履くと隣の部屋へと向かった。

髪が短くなった利点は髪を整えなくていいことかしら。編まなくても邪魔にならない長さなので、これはこれで気に入っていた。

隣の部屋の扉は開いていた。入ってもいいのかと、扉のところから部屋の中を覗くと、既にライアンは身支度を終えていて、地図を見ていた。

どう声をかけるべきか、いや、私の場合は気付いてもらえるか、なのだけど。戸惑っていればライアンが気配に気がついたのか顔を上げた。

「ん？　アリィ、どうかしたのか？」

聞かれた私は思いきって室内に入り、手に持っていた紙を見せた。あらかじめ文字は記入済みだ。

〈リマンダの後はどこに行くのですか〉

それを読んだライアンは持っていた地図を私に見せる。それは世界地図だった。

「まず、今俺たちがいるのはここだな」

こくり、と頷く。示されたのはディアルセイ帝国だ。ディアルセイとリームアはかなり遠い。

ライアンはディアルセイを指さした後、こう言った。

「俺が持っている指輪はneun《ノイン》の指輪。古語で9という意味だな。そして、きみが持っているvier《フィーア》の指輪。それは古語で言う4という意味だ」

4と9。指輪は三つしかないのに、その数字はバラけている。最後の指輪の数字はなに？

考えていると、またライアンは地図のどこかを指さした。なにもない、海の上だ。

「元々、指輪の話の舞台は沈められた神殿、つまりヒユーツ海の底だとされている。ここら辺は諸説あるから土地によってかなり話が変わってくると思うが」

私はそれを聞きながら頷く。確かに私も指輪の発祥地は海の底に沈んだ神殿だと聞いている。私が知っている話でいえば、守り神が魔王を討ち滅ぼした後、沈んだとされている神殿。だけど実際の話とは異なるということは、沈んだ神殿とは神落ちを倒した場所なのか。

ヒユーツ海のどこかにその神殿があるということも知らなかった。おそらく噂の域を出ないだろうけれど、しっかりと場所までわかっていたのか。

おもむろにライアンはテーブルの上に転がる万年筆を取り、地図に線を描き始めた。

「俺の見立てどおりなら……。ここから四時の方角にvier《フィーア》の指輪があり、そして九時の方角にneun《ノイン》の指輪があった。そして、最後の指輪の数字はおそらく6。〝sechs《ゼクス》の指輪〟のはずだ」

〝sechs《ゼクス》の指輪〟……。最後の数字は6？　どうして4、9、6といった中途半端な数字なのかしら。

地図にはヒューツ海を中心にした四時の方角と九時の方角に線が引かれている。線の先はリームアとディアルセイの二つだ。

「単純な話だ。4、9、6は神秘の数だからだろうな」

「……？」

「天地創造の数字といったか。まあ、なんにせよ意味のある数字ってわけだ。おかげですぐにあたりがついた」

ライアンはそう言うと、六時の方角に線を引いていった。線の先は最近隣国と合併したという国、オッドフィー国だ。もしライアンの見立てが正しいのであれば最後の指輪――sechs《ゼクス》の指輪はオッドフィー国にあるということになる。

私が黙っていると、ライアンはそのまま地図をしまった。

「……さて、じゃあそろそろ出るか。支度は終わったか？」

その言葉に、私は頷く。記憶を失った私が向かう先は、オッドフィー国。これからなにが起きるかなんてわからない。それを体験するのは私であって私ではない。記憶を失った私に、今の私の人格が……意思が残るかどうか、わからない。けれど、きっと可能性は低い。つまるところ、〝今の私〟の人格はそこで死ぬということなのだろう。

私はそう思いながらふと、一つだけライアンに伝え忘れていたことを思い出した。

私は紙に文字を書き付けて、それをライアンに見せた。

文面を見たライアンはあっさりと了承した。

それで私は少しだけ安堵した。これならきっと、なにか起きても大丈夫。これが救いになってくれますように……。私はそう願わずにいられなかった。


外に出るとまだ雪が降っていた。気温はかなり低く、寒さが肌に突き刺さる。

踏みしめる雪の音を聞きながら私は考えた。

これから失うのは、私の今までの十六年ほぼ全てだという。私は私ではなくなり、また新しい人格になる……ということなのだろう。

別にそれはいい。問題などない。問題なのは……いや、気にかかるのは……。

やはり、どうしても忘れられない。

今まで十六年、ずっと一緒にいたのだ。将来結婚すると信じて疑わなかった相手を、簡単に忘れられるはずがない。

ふと、思ってしまった。もうこれで会えないのなら。〝今の私〟が死ぬというのなら。

最後にもう一度。あと一回だけ、ちゃんと顔を見て話したかった。

最後にちゃんと話したのは夜会のときだった。だけどあのとき、私はフェリアル様の顔をちゃんと見ることができなかった。嫉妬《しっと》と苦しみと切なさ、今にもそれをぶつけてしまいそうで、俯《うつむ》くことしかできなかったのだ。

でももし、こうなることがわかっていたら……もう会えないのだとわかっていたら。二度と話すことができず、顔を見ることもできないとわかっていたのなら。

そしたらきっと、私は彼に言っていた。

ずっと好きだったと。

あなたが私を好きでなかったとしても、私はフェリアル様のことをお慕いしていましたと。

そう伝えればよかった。

伝えたかった。だけど、それももう叶わない。この気持ちとも、もうお別れだろう。

だからこそ、伝えたかった。言いたかった。話したかった。あなたのことが好きだと、それを言えたらよかったのに。

それだけが、心残りだ。

「体は大丈夫か？　辛《つら》かったら言ってくれ。なるべく配慮する」

ライアンが言い、私は頷いた。ライアンはまたあの不気味な面をつけている。相変わらず不気味でおどろおどろしいと思うのだが、ライアンは本当に気に入っているのかしら。だとしたらやっぱりその、趣味はあまりよくないと思う。

そんなことを考えながら真っ白な道を進む。目指すはリマンダの街だ。土地勘があるのかライアンは迷いのない足取りで進んでいく。私もその横に並びながらサクサクと雪の降り積もる道を進んだ。

それからしばらく歩いた頃だろうか。

「そろそろだな。もう見えてくるはずだ」

ライアンが唐突に呟《つぶや》いた。ライアンは私が話せないというのに先ほどからなにかと話しかけてくる。返答がないのはわかっているはずなのに、まるで気にせず話すのだ。とはいえ、その言葉は私に返答を求めるものでもない。まるで独り言のように話している。

「このまま道を下ってもいいんだが……その前にやることがあるな」

突然ライアンがそう言うと、振り向きざまに腰の剣を振りかぶった。

と同時、なにか光のようなものがほとばしり、思わず目を細める。

光がやんで目を開けると、そこには黒のフードを深く被った男がいた。背はそこまで高くない。彼は私たちのほうに向かって剣を構えていた。今の光も、おそらく彼の仕業《しわざ》だろう。

フードを被って、顔を隠して襲ってくるなんてまるで暗殺者のよう――。そこまで考えて、はっと気がついた。

暗殺者！　そうだわ、私は謎の人物に誘拐されて、ここに捨てられた。そして、あの人物の目的はおそらく私の殺害。だけど、実際私は死んでいない。それに気付いたあの人物が、さらなる追っ手をかけたのだろうか？

フードの男から目を離さず佇んでいれば、ふいに私の前に手が伸ばされた。見れば、ライアンが男から目をそらさずに私に告げる。

「後ろに下がっていてくれ。巻き込まれないように」

「……」

小さく頷いて、私はライアンの言うとおりに彼の後ろに下がった。ライアンが剣を構え直す。

「……なるほどな、趣味の悪い」

「……？」

小さく呟《つぶや》くと、ライアンが剣を振りかぶる。その剣先が淡く光り、ライアンが唱えた。

「光術迎式《こうじゅつげいしき》第一の唄《しょう》——眠棘《ヒュアン》」

ライアンが唱えるのは全術魔法ではない。この前のものもそうだが、彼はオリジナル魔法しか使わないのだろうか。聞いたことのない魔法だから、その魔法がどんな内容なのか私は知らない。

後ろからライアンの様子を見ていれば、すぐに変化は起こった。ライアンの剣先——白の刃先から淡い水色のような光がふわりと飛ぶと、それはすぐにまるで蜂のような速さで男へと向かっていた。目まぐるしい勢いで飛ばされた青の光を受けた男は、そのままなにも言わずに倒れる。

今の魔法は一体……。どうやら首元にぶつかったらしいけれど……。

ライアンはなにも言わずに剣を収めた。勝負はついたのだろうか。

不思議に思っていると、ライアンはそのまま男のほうに歩いていった。私も置いていかれないように慌ててライアンの後を追う。

男は気を失っているようにも見えるが、死んでしまったようにも見えて、私は咄嗟に手をぐっと握った。私に差し向けられた暗殺者とはいえ、やはり死なれたくはない。甘い、と言われるだろうか。だけど、でも。これが私の本音だった。

手を伸ばそうとすると、またライアンに声をかけられる。

「触るな」

「……？」

ライアンを見るけれど、熊の面をしているせいでその表情はわからない。戸惑いながら見ていれば、ライアンはおもむろに腰から剣を抜き、宙を切った。

シュッと空気が切られる音がする。そこはなにもない空中で、ライアンがなにを切ったのかはわからなかった。

「……糸か」

糸？　よくわからず覗き込むようにすれば、ライアンはそこでやっと私のほうを見た。そして、ふいに手を伸ばしてなにかを掴んだ。

「……？」

そこにはなにもないように見える、けれど……。ライアンは掴んだまま、その手を引き戻した。私もライアンの近くに寄って手元を見る。

「……!!」

そこには、糸があった。数十本の糸はとても細く透き通っており、朝陽を反射してキラキラと光っている。そして、その糸の先は男につながっていた。

私は思わず言葉を呑む。糸が男につながっている？　どうして……。

ライアンは無造作にそれを捨てた。そして男の前に屈《かが》むと、戸惑いを隠せない私に言った。

「趣味が悪いよなぁ。おそらく、ずっとこれで見てたな」

「……？」

それはどういう……。問うようにライアンを見ると、彼は男のフードに手をかけながら答えた。

「オリジナル魔法だろうな。これを通して、俺たちのことを見ていたんだ」

「！」

今までのやり取り、会話、全てを見ていた？　あの暗殺者が？

思わず固まっていると、ライアンが小さく舌打ちをした。

「……やっぱり。既に死んでるぞ、こいつ」

「……!?」

ライアンの隣に座って見ると、フードの下から出てきたのはまだ歳若い青年だった。暗い緑色の髪に、黒縁の眼鏡をしている、どこにでもいそうな風体の男だった。目は閉じられていて、まるで気絶しているようにしか見えない。

でも、あれ……？　私、この人を知っている気がする。どこで？　どこで見た……？

私は男の顔を覗き込んだ。眼鏡に邪魔されて気がつかなかったけれど、男の目元にはホクロがあった。それを見て、一気に記憶の点と点がつながる。

そうだ！　この人、私の家の使用人！

それも確か、ここ最近引き抜かれた新しい人だった気がする。私はあまり部屋から出なかったから何回かしか見たことがなかったけれど、間違いない。確かクリスティの推薦だとか……。

クリスティは元々他家で働いていた侍女だ。

その前はお祖父《じい》様と昔交友があった家で働いていたらしい。確か伯爵家、だったかしら。

伯爵家での待遇はあまりよくなく、そしてクリスティは年若ながら仕事ができたらしい。

『私を哀れんで、前公爵様が声をかけてくださったのですよ』

確かそう、クリスティは言っていた。だけど私はあまりその話を詳しく彼女に聞くことはなかった。聞けば、彼女を苦しめることになると思ったのだ。

お祖父様が見かねるほどということは、かなり待遇が悪かったのだろう。実際、その話をするときのクリスティはどこか無理をしているような笑みを浮かべていた。

幼いながら、聞いてはいけないことなのだと思った。だからこそ、聞かなかったのだけど。

クリスティの紹介ということは彼もまた、例の伯爵家から引き抜かれた使用人なのだろう、彼も苦労したのだとふと思ったことがあった。ただ、それだけだ。話したことはないし、何回か遠目にその姿を見たことがある程度。

でも、どうして？　どうして彼がここにいるの？

彼はあの人物が差し向けた追っ手に違いない。そして、私を殺しに来た。でもなぜ、彼が。一体どういう関係なの？

混乱のあまり頭がうまく働かない。今、家はどういう状況なのだろう。王城は？　どうして彼が追っ手として差し向けられた？

今の光景を、誰が見ていた……？

「アリィ？」

「っ！」

ふと、その声に意識を取り戻す。見れば、ライアンが私のほうを見ていた。私はどこかほっとして、息を吐く。

……とにかく、見られていたというのなら早く離れなきゃいけない。

どうして彼がここにいたのか。なぜ彼だったのか。気になることはあるけれど。

私はそっと、屍人となった彼の前で手を組み祈りをささげた。私を殺そうとしたとはいえ、彼はあやつられていた。

「……これは死んでから結構たっているな。死体を利用する……か」

ライアンがそう呟《つぶや》く。

「……下衆《げす》な人間がやりそうなことだ」

(……ライアン、)

どこか思い詰めたような声で呟《つぶや》くライアンに、思わず声をかけたくなった。つい、声を出そうとしたけれどやはり私の口からは掠れた呼吸しか出ない。

ライアンは自分を訳ありだと言ったが、なにを隠しているというのだろう。ライアンと共にいれば、それがわかるのか。そのとき、私はどう思うのだろう……。

ライアンは私が見ていることに気がつくと、さっきまでの雰囲気を霧散させるように軽い調子で言った。

「ま、とにかく急ごう。相手がなにを考えているかは知らないが、状況を知られたのは少し分《ぶ》が悪い。早めに移動したほうがいいだろうな」

ライアンの言葉に私は頷き、最後にまた、男を振り返った。名前すら知らない、家の使用人。なぜ彼がここにいるかはわからない。だけど、彼の冥福を祈らずにはいられなかった。

マリオネット

——同時刻。


リームア国、ビューフィティ公爵邸内に与えられた自室で、クリスティは一人舌打ちした。

テーブルの上で人形遊びをしていたら壊されてしまったのだ。彼女のマリオネットが。

「最後まで役に立たないじゃない……」

小さく彼女は呟《つぶや》くと、糸の切れたマリオネットを、そのまま放り投げる。綿《わた》を布で包み、適当にインクで顔を象《かたど》られた人形はあっけなくゴミ箱に入る。それを見届けることなく、クリスティは思わず机を叩いた。

アリエアは生きていた。

しかも一人じゃない。謎の男もいる。

しかも、あの男、間違いなく強い。あのオリジナル魔法はディアルセイ独自のものだろうか。

とにかく、すぐにマリオネットだと気付かれ手を打たれたのは痛かった。本当であればもう少し探れたはずだったのに。もっと言えば、あの男さえいなければすぐにあの女を殺せたというのに。

クリスティはアリエアを憎んでいた。ただ嫌悪しているのとは訳が違う。クリスティは異常なほどに、彼女に執着していた。いや、彼女に、ではない。

彼女の生まれに、器量に、生まれ持ったもの全てに、嫉妬《しっと》していた。

クリスティは許せなかった。公爵家に生まれたというだけで飢えを知らず、寒さを知らず毎日あたたかいベッドで眠っているアリエアが。それでいて、博愛精神だけは誰よりも持ち、クリスティの嘘の話にすらも心を痛めていた。その気取った態度が大嫌いだった。あのいちいちわざとらしい女を殺したらきっとせいせいするだろう。そう思っていた。

ミリアもまた、『生まれだけで恵まれるのはおかしい』とよく言っていた。そして、『欲しいものは自分から掴みに行かないと、なにも手に入らない』とも言っていた。彼女の野望は王太子妃になり、王妃になることだった。正直、クリスティにはそれはどうでもよかった。ただ、仕える主がそれを望むというのなら彼女もまたそれに従うだけだ。

だから最初、ミリアの命《めい》で公爵家に遣わされ、アリエアと初めて会ったとき。

その純真無垢なまでの心が妬《ねた》ましかった。なにも知らないくせに、会ったばかりのクリスティのために心を痛め、そして気を遣い。嘘の話を吹き込めばいつだって彼女はクリスティを気遣った。作り話を吹き込めば彼女は泣いて心配し、他人を見下《みくだ》さない。彼女は人を責めるということはしなかった。まるでどこぞの聖母にでもなったつもりか。クリスティはますますアリエアを嫌いになった。なにも知らない、お綺麗なだけの公爵令嬢。

婚約者は綺麗で優しい王太子で、彼女のハッピーエンドは決まっている。

だからそれは、ただの偶然だった。

偶然、アリエアは体調を崩し始めた。毒も仕込んでいないのに、なぜ体調を崩すようになったのか、クリスティは不思議に思った。

そして、あのバカな公爵夫人に気付かれないよう医者に診せ――驚いた。

彼女は不治の病、魔力欠乏症とやらに罹《かか》ったらしい。あのときは笑いを堪えるのが大変だった。

診断が下されてから、アリエアは精神面において不安定になった。いつだって心細そうにして、以前までの博愛精神あふれる笑顔はなかなか見せなくなった。

それがクリスティには異常なほどに嬉しかった。このまま、壊れてしまえばいい。もっと絶望して、泣いて、叫んで、そのまま死ねばいい。

あの女にとってのフィナーレなど、飾らせない。最期こそ、あの女は惨めったらしく死ぬのが似合っている。

他人のために泣き、他人を慮《おもんばか》り、慈愛に満ちた幸せなお姫様。そんな彼女が最期に見るのが絶望にまみれた光景だとしたら、それはどんなに面白いか。

つまるところクリスティは、人間性が非常に歪《ゆが》んでいた。

このまま、クリスティの望む最期を彩れる。そう思っていたのに。

なのに……！

生きているだなんてあり得ない!!　すぐにでも殺して、いや、その前に……。

クリスティは目まぐるしく思考した。そして、すぐに次の手を打つことにした。

まずは王太子だ。万が一アリエアが生きていると知れたら、面倒なことになる。あの女にとっての幸せなど、掴ませない。掴ませるわけがない。苦しませて、悲しませて、絶望を最期に飾らせてやる。

クリスティは席を立つと、既に糸の切れたマリオネットには見向きもせずに部屋を出た。


次の日。

クリスティはすぐに動いた。王太子につなぎを取ったのだ。アリエアのことについて話したいことがある、と伝えればすぐに王太子からの返答が来た。それだけでもわかる。

――王太子はまだ、アリエアが好き。

厄介なことである。

もし王太子の――フェリアルの記憶を消すことができたら。いや、記憶を消すとまでは言わない。せめてアリエアへの想いを打ち消させることができれば……。

そう考えて、クリスティは首を横に振った。いや、それはできない。失敗すれば命はないし、よくても国外追放だろう。万が一気付かれるなんてヘマをしたらミリアにだって切られる。それは間違いない。

もし、フェリアルの魔力量が一般的で、そして隙の多い人間であったならそれもいいだろう。そこまで考えてクリスティは失笑した。いや、隙の多い王太子などすぐに殺されて終わりだ。フェリアルが王太子であれるのは、それはつまり、彼が隙のない人間であることの証明でもある。もとより彼を引っかけるのは難しい。魔力量だってその多さは知れたものじゃないし、どうやら剣術にも秀でているらしい。それに、あの男は読めないところがある。いつも人の一歩前を行くような。

つまり、少しでもへまをすれば刺される。しかも今回はアリエアに関することだ。気を引きしめてかからないと、まずいことになる。

クリスティはすぐに王城の執務室に招かれた。なんだかんだ、クリスティがここに来たのは初めてだ。

部屋に入ると、すぐに王太子は顔を上げた。どうやら書類仕事をこなしている途中だったようだ。

「わざわざ来てもらってすまないな。そちらに出向くほどの余裕が今ないんだ」

その言葉に、クリスティははっとして慌てて頭を下げた。相変わらずフェリアルは美しかった。綺麗な金髪に、翡翠色の瞳。白い肌に、細い指先。たおやかな仕草に、優雅な身のこなし。王族であるから当たり前だが、気品というものがフェリアルにはあった。

「それで……アリエアについて、話したいことって？」

フェリアルに話を促され、クリスティは顔を上げた。フェリアルは書類をまとめる手を止め、顎《あご》の下に手を組んでクリスティの言葉を待っている。クリスティはそのまっすぐな視線を受け止めて、ぎこちなくなりながらも話し始めた。

「……お嬢様が、誘拐される直前。様子がおかしかったのです」

言うと、心当たりがあったのかフェリアルは驚かなかった。ただ、黙ってクリスティの言葉の先を促すだけだ。反応の薄いフェリアルに、クリスティはわかりやすいほどに震えた声を出した。

「わた、私……。公爵様方にはとてもではないですが、言えませんでした」

フェリアルの目がちらりとクリスティの手を見る。クリスティの手は震えていなかった。声は震えているが、手は震えていない。

フェリアルが黙って聞いていると、クリスティはついに決定的な言葉を吐いた。

「お嬢様は……ッ、この婚約を、破棄したがっていました……！」

その言葉に、ようやくフェリアルが反応らしい反応を示した。ぴくり、とフェリアルの手が僅かに動く。

だけどそれはほんの一瞬で、フェリアルはクリスティから視線をそらした。そして背もたれに背を預け、ようやくクリスティに声をかける。

「……それで？」

フェリアルは既にクリスティへの興味を失っているのか、手近にあった書類を取ると、それを読み始める。慌てたのはクリスティだ。思った反応と違う。

「でっ……ですから、私……！」

「それは、公爵に言ったの？」

――言えるはずがないじゃない！　言ったところで、揉み消されるのがオチよ！

咄嗟にそう思ったクリスティは首を横に振って答えた。フェリアルはそんなクリスティの様子をちらりと見て、そしてまた声をかける。

「……そう。わかった。それで、報告はそれだけかな」

「……！　殿下、恐れながら、お嬢様は……っ」

声を上げるが、フェリアルは書類をトントン、とまとめながら無反応だ。表情らしい表情のないその顔は、どこか冷淡にも見える。

フェリアルは書類になにやら書き込むと、それを脇に寄せる。視線を向けられた側近のロイアが意図に気づいてやってきた。

フェリアルから書類を受け取ると、そのままロイアは下がる。それを見届けて、フェリアルは口を開いた。

「長年アリエアに仕えてくれたきみが言うんだから、間違いないんだろうね」

フェリアルはなんてことのない口調で言ってのける。そしてふわりと、柔らかい笑みをクリスティに向けた。

「報告ありがとう。下がっていいよ」

「……！」

クリスティは息を呑んだ。フェリアルの反応はわかりづらい。これは……どっち？　信じてもらえた？

だけどこれ以上食い下がるのも怪しい。とりあえず種は蒔いた。あとはどう育っていくかだろう。クリスティは頭を下げると、しずしずと部屋を出ていった。

第4章

指輪の持ち主

リマンダの街は、思ったよりも活気があった。人売りの街だというからもっと閑散としているのかと思ったけれど……。

だけど、その街を見ているとダレルの街との違いに気がついた。

街は活気があり、賑わってはいるが、女性がまったく一人もいないのだ。子供ももちろんいない。思わず立ち止まりかけた私の手を、誰かが掴む。

「！」

咄嗟に振り払いそうになって、逆に強く握られる。焦って見上げれば、それはライアンだった。ライアンは変わらず熊の仮面を被っている。

「悪いが、ここからは手をつないでいく。絶対にはぐれるなよ」

「……」

小さく私は頷いた。ライアンの言いたいことはわかる。この街にはおそらく、女性がいない。いや、もしかしたらいるのかもしれない。だけどこの街の中での女性の人権は、おそらくないのだろう。この街での女性は売り物。人売りの街ということは、そういうことだ。今更ながら恐れが背筋を駆け上がる。

思わず、強くライアンの手を握ると、きゅ、と軽く握り返された。

それがなぜだかすごく心強い。

「さて、じゃあ向かうか。とりあえずは宿、だな。鍵のしっかりしてる、手堅い宿屋があればいいんだが……」

そう言いながらライアンは私の手を引いて歩き出す。ざわり、と空気が揺れる。見れば、男たちの視線が私に向いていた。

……やっぱり、怖い。

すがるようにライアンの手をまたしても強く握った。すると、ライアンは変わらずまっすぐ前を見たまま答えた。

「止まるなよ。恐れを見せれば、奴らすぐ襲ってくるぞ」

「……、」

そう言われて怖くならない人がいるのなら見てみたい。そう思いつつ、ライアンに言われたとおり平常心を装って歩く。ライアンはそんな私をちらりと見ると、笑って言った。

「そうそう。思ったよりきみ、肝が据わってるな」

そうしろって言ったのはあなたじゃない……！

思わず口を開いたが、声が出ない。言い返せないのが悔しくて、私は悔し紛れにまた、手をきつく握った。それにライアンはまた少し笑う。

「よかった、いつもどおりだな」

そして続ける。

「きみは怯えているより笑ってるほうが、ずっと可愛い」

「……っ」

ライアンはそれだけ言うと、またあっさりと話題を変えた。

「しかしここ、思った以上に賑やかだな。もっと殺伐《さつばつ》としてると思ったけど」

私は、なにも答えられなかった。

ドクドクと耳のすぐ近くで音がする。この感覚を、私は知っていた。でも、知りたくない。

わかりたくない。

そこから少し歩いたところに、宿屋の看板を見つけた。随分豪勢な店構えで、看板には漆も塗ってあるようだった。見た限り安全面も問題なさそうだ。

ちらりとライアンを見るが、ライアンはなにも言わずにその宿屋の前を通り過ぎる。入らないのかしら？

不思議に思ったが、ライアンが足を止めないのならそれに続くしかない。

ライアンの手に引っ張られながらそこからまた少し歩き、そこでライアンはようやく止まった。見れば、左手に古ぼけた宿屋があった。もし強い雨風が来ればそれだけで倒壊してしまいそうな造りの宿だ。

まさかと思ったら、本当にライアンはその扉を開けた。

えっ、えっ。さっき『鍵のしっかりしてる手堅い宿屋』って言ってたじゃない！

まさか正反対の宿に連れていかれるとは思わず、混乱する。だけど声は出ないし、ここで立ち止まるのもあまりよくないだろう。

なにせ、この街は本当に治安が悪い。私たちが歩いている間もずっと見られていたし、なによりもその品定めするような目が、本当に嫌だった。視線だけしか送られてきていないというのに、肌がザワリと粟立《あわだ》って、足が竦みそうになった。

そのたびにライアンが全く関係のない話を振ってきたおかげで、気分はだいぶマシだけれど……。今更ながらライアンに感謝する。

きっとライアンは気付いていたのだろう。男たちの視線も、私の怯えも。それに気付いていたからこそ、手を握ってくれた。

つながれた手は、優しくて、力強くて。

胸が切なくなった。

宿に入るなり、ライアンはすぐに宿泊を申し込んだ。古ぼけた宿屋にしては料金が高く、私はさらに怪訝《けげん》に思ったが、ライアンは構わずに料金を支払う。

そういえば、ライアンのお金ってどこから出てるのかしら。

今更ながら生活費全てを出してもらっていることに気付く。でも、どうすればいいのかしら。

私はお金なんて持っていないし、売れるものもない。唯一この髪だけは高値で売れそうだったが、これ以上切る髪もない。

そんなことを考えていると、店主とのやり取りを終えたライアンがこちらに戻ってきた。

「三階の部屋らしい。行こうか」

その言葉に私も頷き、ライアンと共に階段を上る。

外からはわからなかったけど、宿の内部は造りが随分としっかりしていた。

その細部一つ一つに魔法がかけられている。これなら強い雨風が来たって倒壊する恐れはないだろう。雨風だけではない。万一放火されても、攻撃されるようなことがあっても、魔法がかかっているからそこまでひどい損傷は受けないだろう。それほどに丁寧な魔法が使われている。

元来魔法はそんなに簡単に使えるものではない。そして、こんな細やかな魔法を使える人はもっと限られる。珍しい宿もあったものだと驚いていると、突然、それは起きた。

「――ッ！　っ……！」

思わず口を押さえる。声を失って以来、初めての音が口から出た。

「ゲホッ……ゲホッ……っ！」

覚えのある感覚、痛む頭。グラグラと視界が揺れて、足元が崩れるような感覚が襲う。間違いない。魔力欠乏症の症状だ。

咄嗟に口を押さえた手からは赤い液体がこぼれていた。血だ。それをぼーっと見ていれば、ふいに体がふらついた。踏みとどまろうとするも、足にはうまく力が入らない。全てが遅く見える。光が霞んで、視界は歪《ゆが》んでいる。私の前を歩いていた熊の仮面がブレブレに見える。

――落ち、る、

そう思ったとき。

――ガシッ。

力強い手が私の手首を摑んだ。その感覚に少しだけ音が戻ってくる。ライアンが私の手首を摑んでいた。見れば、片足が宙に浮いていた。重心も後ろにずれ、今にも私は階段から落ちそうになっていた。

そのままぼうっとしていると、ぐっと手首を引かれる。そのまま私は目の前に倒れ込んだ。

「っと、大丈夫か？　アリィ。……魔力欠乏症の発作だな」

その言葉に、私は霞んだ思考の中、小さく頷いた。

今私はライアンの胸に顔を預けて倒れ込んでいる状態だ。階段で倒れるなんて危ないし、早く立たなくてはと思うけれど。体は動かない。

声はもやがかかったように聞こえにくく、心臓の音だけが強く聞こえる。どくどくと血管が動く音が聞こえ、私は少し目を伏せた。

頭がガンガンと鳴っている。ぐらぐらと視界は揺れるし、いまだに目眩は収まらない。まるで、世界が回っているようだ。

そんな中、ふわりと覚えのない香りが漂った。それは決して嫌な匂いではなく、清潔で、優しくて、上品な香りだった。

ライアンの匂い……？

その香りは少しだけ私の心を沈めてくれた。落ち着く、穏やかな香りだ。それをぽーっとかいでいると、ふいにライアンが言った。

「これを飲め。……飲めるか？」

ライアンがなにか言う。飲め……？　なにを……？

そう思って顔を上げるが、変わらず視界はぶれていてよく見えない。ただ、うっすらとライアンがなにかを持っているのだけは見えた。それは薬瓶のように見える。……お薬？

でも、魔力欠乏症に薬などない。発作が起きたときは、落ち着くまでずっと寝ている以外ない。それで早ければ数時間、遅ければ一日ほどで収まる。だけど今、そんな悠長な時間はない。

早く収めなければ。早く、落ち着かせなければ。そう思うのに、体は言うことを聞かない。

ぼーっとする視界の中ライアンを見ていると、彼は薬瓶を私に持たせようとしてきた。

だけどうまく手に力が入らない。落としそうになった薬瓶をぱっとライアンが掴む。それを見ながら、私は荒い息を吐いた。

……こんなにひどいのは、初めてだ。

なぜ？　環境の変化で体に負荷がかかったから？　それとも、もう時間があまりないから？

ぼうっとした思考の中、考える。そうしていると、ふいにライアンが言った。

「……仕方ないな」

「……？」

「アリィ。これは医療行為の一環だ。すまないが……少しだけ、耐えてくれ」

ライアンはなにを言って――、そのとき、ふと、唇になにかが当たった。

違う、なにか、ではない。これは、ライアンの唇、だ。

そう思ったとき、口になにか冷たいものが流れ込んできた。まさか液体を流されるとは思っていなかった私は、思わずむせてしまう。変わらず、声は出なかったけれど。そのまま何度かむせていると、ふと、頭痛が引いていることに気がついた。いや、頭痛だけじゃない。目眩も、視界の霞みも、全て収まっている……？

体のだるさもない。見ればライアンはいつの間に外したのか、熊のお面をしていなかった。海色の瞳と視線が絡む。ライアンの唇は濡れていた。

「……」

「よかった、収まったか」

「――、――！」

咄嗟に声を出そうにも、出ない。だけどそれだけでなにを言いたいか理解したのだろう。ライアンは私から手を離すと、そのまま立ち上がった。今更ながら、ライアンに肩を支えられていたのだと気がつく。

「今のは魔力欠乏症を一時的に抑える薬だ。元々、魔力欠乏症は一時的に目眩、頭痛、吐血、視界の不良といったものを引き起こす病だ。それを飲めば、少しはよくなる」

ライアンは、今さっきのことをなかったかのように普通に話す。いまだに階段に座ったままの私を見て、ライアンが声をかけてきた。

「立てるか？」

「……」

私は、ライアンがなにも言わないのが不服だった。だって、さっきのは間違いなく――、

……キスだった。

彼は口移しで薬を飲ませてくれたのだろう。緊急事態だったとはいえ、だけど、あれは紛れもなく――キスだった。私は、ファーストキスを、フェリアル様ではない人としてしまったのだ。

そのまま座り込んでいると、ライアンが屈み、視線を合わせてきた。

「……ちなみに、さっきのことを気にしてるなら言っておくがな。あれは医療行為の一環だ。他に意味はない。だから……ほら、立て。さっきのあれは、キスじゃない」

その言葉に私は顔を上げた。

見れば、ライアンもまたどこか複雑な顔をしていた。なにか言いたそうな、そんな顔をして

いる。私はまたしても視線を下げてしまったが、今度こそ、自分の足で立ち上がった。

そのまま、部屋までは会話がなかった。ライアンも気を遣ってくれているのだろう。私はライアンが前を歩いていてこちらが見えないのをいいことに、自分の唇に手を当てた。

——キスを、してしまった。

それも、フェリアル様ではない、全く違う人と。

それが、なぜかそこまで嫌ではなかった自分に、一番驚いた。嫌、ではなかった。むしろ……。

そこまで考えて、ぐっと手を握る。どちらにせよ、私の記憶はここで失われる。今、なにを思ったところで仕方ない。それは、わかっていたことだ。

今のは医療行為に過ぎない。そう自分に言い聞かせた。

部屋に着き、ライアンが先に入る。室内は実にシンプルで、あまり物がなかった。小さなテーブルと椅子、そしてベッドがあるだけで他にはなにもない。

ライアンは一通り室内を見ると、小さく頷いた。

「……ん、やっぱりこの宿で正解だったな」

ライアンがそう言うのを聞いて、私ははっと思い出した。なぜこの宿を選んだのか聞こうと思っていたのだ。

テーブルの上にはメモ帳と筆記用具が用意されていた。私はペンを手に取ると、サラサラと書きつづった。

〈どうしてこの宿にしたんですか？　さっきの宿のほうが、安全そうに見えました〉

ライアンはそれを見て、「んー」と呟《つぶや》いた。そして、コンコンと壁を軽く叩きながら答える。

「そうだな。確かにさっきの宿のほうが金はかけているだろうな」

「……？」

ライアンはおもむろに近くにあった椅子を引いてそれに座った。そして、私のほうを見ずにそのまま続ける。

「だが、あの店は金だけだ。まあ、この宿は要は内装に力を入れてるってことだ」

「……？」

「つまり、あの店は人売りと懇意にしてる店だよ。というより、卸《おろし》業者と言ったほうが正しいか。あの手の業種を生業としてる店だ。素人が安易に入り込んでいい店じゃない」

「……」

私はそれを聞きながら、ふと疑問を覚えた。

〈どうしてライアンはそんなに詳しいのですか？〉

ライアンは少し黙った。そして、口元に笑みを浮かべる。

「長くいるからな、この国に」

それは一体、どれくらい……。

しかしその疑問は文字にはしなかった。なんとなく、ライアンにとっては聞かれたくないことなのではと思ったから。

私は頷くと、ちらりとベッドを見た。いつ、呪いの相殺を行うのだろう。

そう思ったとき、ライアンが口を開いた。

「式は今夜行う。前例があまりない儀式だ。……どうなるかはわからない」

「……」

私が黙って聞いていると、ハッとしたようにライアンは続けた。

「ああ、なにも死ぬってわけじゃない。そうじゃなくて、魔力が一時的に落ちる可能性や、なかなか目が覚めない可能性もあるからな。そういう話だ」

私は一つ頷いた。

「だから、きみが目覚めるまで俺は近くにいよう。起きて、誰もいないよりは誰かいたほうがまだマシだろう？」

「……」

私はライアンの言葉を聞きながら、また短くペンを動かした。

〈ありがとうございます〉

書くと、ライアンは笑った。そして、トントン、と〈ございます〉の部分に触れる。なにかおかしかったかしら？

不思議に思って首を傾げると、ライアンは笑って言う。

「これから旅を共にするんだ。いつまでも敬語じゃなくて、気楽に話してくれよ」

「……」

私は少し黙ってから、ペンを動かして〈ございます〉の部分を二重線で消した。そして、ライアンを見る。ライアンは満足そうにしていた。

なにも、記憶を失う前の私に言わなくても。記憶を失った後きっとまた、『はじめまして』と自己紹介が繰り返されるのだろうから。そのときに言えばいいのに。

そう思うと胸が少し痛んだが、気付かないふりをする。記憶を手放すと決めたのは私だ。ここで足踏みしていても仕方ない。

……だけど、気になったのなら聞いておいたほうがいい。

どの道〝今の私〟とは今日で最後になる。それなら、心残りがないように聞いておいたほうがいいだろう。少しの気になることでも、解消しておきたい。

……いいえ、違う。

そんな言葉を並べたけれど、結局のところは知りたい。ただそれだけだ。

私はまたしてもペンを持った。

〈どうして、今の私に言ったの？　また、はじめましてをやり直すのに〉

我ながら端的に書きすぎたかしら……そう思ってライアンを見れば、彼は頬杖をついている。

彼の長い銀髪が少しだけ乱れていた。先ほど私が倒れ込んだせいだろうか。しっかり編み込まれている髪しか見ていなかったから、少し新鮮だった。でも、これからはその意外な姿を見ることができない。いや、できるのだろうけれど、それは私であって私じゃない。

「今のきみに言いたかったんだ」

おもむろに彼が言った。その言葉に思わず顔を上げる。ライアンと視線が絡んだ。落ち着いた海のような、深い青。その色はどこも白い彼にはよく似合っていた。

私はライアンの言葉を聞いて、少しだけ黙った。そして、またメモ帳に言葉を重ねる。

〈ありがとう〉

そうして、私は〝私〟としての最後の夜を迎えた。

はじめましてをもう一度

なんだか長い夢を見ていたような気がする。ふわふわとした思考に、考え事が流されたような。あと少しでわかりそうな答えを、すんでのところで掴みきれなかったときのような。

「ここは……？」

私は、小さく呟《つぶや》いた。

見知らぬ部屋だった。いや、部屋だけではない。ここがどこか、私が誰か。自分が何者かすらわからない。ぞっとするような恐れが背筋を這った。

私は一体……。思考を巡らせようとしたが、思い出そうとすればピリッとした痛みが頭を駆け巡った。

「っ……」

ぎしりとベッドが鳴る。部屋は暗かった。室内を見渡せば、誰かが窓の近くに立っていた。その人は窓の外を見ていたが、私の気配に気がついたのだろう。こちらを見た。

綺麗な人……。

月光を浴びて煌めく銀髪に、落ち着いた海色の瞳。どこか冷たい雰囲気を感じさせる彼は、月の光がよく似合っていた。

思わず彼を見ていると、彼は口元に笑みを浮かべた。容姿に似合わず、不敵な笑い方をする人だと思った。

「起きたか」

「あの……あなたは、どなたですか？　それに私、どうして……」

流れるように言葉が出てきた。

室内を見回すが、やはり覚えはない。

ここはどこなのかしら。そして、私はどうして……。どうして……？

記憶を巡らそうとすればまた頭に痛みが走る。思わず顔をしかめてこめかみを押さえれば、青年が近づいてきた。

反射的に体がこわばる。

そもそもこんな密室に、しかも夜に男性と二人きりなんて許されない。あり得ない、と思い、そのまま私は口を開く。

「あ、あの……！」

「きみはそんな声だったんだな」

「え……」

青年は落ち着いた様子で言った。そして、私の近くまで歩いてくると、椅子を引いてそれに座った。私はいまだに体がこわばったままだ。

一体彼は誰で、私はなんなのだろう。居心地の悪い恐怖が駆け抜ける。自分のことがわからないことが、こんなに怖いだなんて知らなかった。わからない、知らない。それが、こんなにも恐ろしい。

青年は椅子に座ったまま、私に言った。

「俺はライアン。訳あってきみと旅をしている」

「た、び……？」

言うと、ライアン、と名乗った男は頷いた。そして、彼はこうも続けた。

「そして、きみの名前はエアリエル。俺はアリィと呼んでいる」

「エ、アリエル……」

どこかで聞いた名前だ。確か、そう、有名な作品に出てくる精霊の名前。呟《つぶや》いてみたものの、それが自分の名前だという実感は湧かなかった。

私が戸惑いながら自分の名前を噛みしめていると、男——ライアンは短く私たちのことを教えてくれた。

どうやら、私はこのライアンという青年と〝神落ち〟を倒すために旅をしているようだった。

だけど、お互いに不干渉としていたらしく、詳しいことはわからないらしい。彼が知っているのは私の名前と、そして今後のことだけだった。

「つ、まり……私は、あなたと旅をすればいい……のですか？」

「まあ、旅っていってもそんな過酷なものじゃない。ただの指輪探しさ」

「……」

そう言われても、理解が追いつかない。不安に思って咄嗟に胸元を摑む。すると、しゃらりと音がした。どうやら私はネックレスをしているらしい。チェーンを手繰り寄せて、その先につながっているものを見た。

……指輪だ。無色透明の指輪。

窓からこぼれる月明かりに照らされて、それは綺麗に輝いていた。それを見ていると、ライアンが言う。

「それが今言ったvier《フィーア》の指輪。きみに託された指輪だ」

「……あなたの指輪は」

「俺のはneun《ノイン》の指輪。これだな」

ライアンが袖をまくる。そこには、確かに私のと似たような指輪が下げられていた。

本当だったのね……。

正直、神落ちだとか魔力欠乏症だとか、嘘だと思っていた。信憑性が低く、作り話かと思ったのだ。

だけどもし、これが本当だというのなら。

「ということは……。その指輪を集めないと私は、死んでしまうということ……？」

「話が早いな。つまりそういうことだ」

それは私に選択権などないということか。さすがに命がかかっていればいやとも言えない。

私は黙った後、ライアンを見た。そして口を開く。

「なにも覚えていないので……ご迷惑をかけるかもしれませんが。よろしくお願いします」

言うと、ライアンは少しだけ笑った。そして、答える。

「当たり前だろう。俺ときみは協力者だからな」

「協力者……」

「仲間ってことだ」

私はその言葉を心の中で繰り返した。仲間……。

私は、ライアンとどういう関係だったのだろうか。そして、どういう生い立ちだったのだろうか。ライアンは、私の名前とこれからどうするかしか知らないと言っていた。ということは、彼に聞いても私のことはわからないということだ。

私はどうして、ライアンと旅をすることになったのかしら。

不干渉と言うが、これを聞くくらいならいいだろうと顔を上げる。ライアンは変わらず私を見ていた。

「なぜ私と共にいるのですか？　なぜ旅をすることになったのか、教えていただけませんか」

「いいけど……きみなぁ、その前にその話し方、なんとかしたほうがいい。すぐにいいとこの娘だと気付かれる。余計ないざこざは避けたいだろう？」

そう言われて、ようやく気がついた。そうだ、私の話し方は普通じゃない。なのになぜ、こんなにスラスラ出てきたのだろう……？

咄嗟に口を押さえた私に、ライアンはなにか言いたそうにしていた。だけどそれ以上言わず、先ほどの問いに答えてくれた。

「まず、さっきの質問だが……。出会いは偶然、男に絡まれていたきみを、俺が助けたことがきっかけだな」

「男に、絡まれていた？」

想像がつかなくて聞き返してしまう。すると、ライアンは少し笑って答えた。

「と言っても、声をかけられていた程度だ。そんなにひどいものじゃない」

「そう、ですか……。ありがとうございます」

助けられたのならお礼を言うのは当たり前だ。だけど、ライアンは微妙な顔をした。そして、ため息混じりに言う。

「……きみなぁ。俺が言うのもなんだが、少しは人を疑ったほうがいい。俺が嘘をついているかもしれないだろう」

「嘘なのですか？」

「いや、本当だけどな」

それでもなぁ、と呟《つぶや》く彼を見て、きっと彼は悪い人ではないのだろうと思った。

ライアンはそんな私をなにか言いたげな顔で見ていたが、やがてため息をこぼして話を流した。

「まあ、とにかく目が覚めてよかった。体のほうは大丈夫か?」

「体……ですか?」

「ああそうだ。言っただろう? きみは魔力欠乏症だ。つい昨日も発作を起こした。またなにか不調があるかもしれない。そのときは遠慮なく言ってくれ」

ライアンの言葉に、私はそっと自分の胸に手を当てた。不調……痛み、などは特にない気がする。ライアンが言うには魔力欠乏症というのは目眩、頭痛、吐き気、視界の霞み、そして吐血といったあらゆる症状が出るらしい。

……そんなに恐ろしい病なのね。

ふと、吐血するというのはどういう気分なのだろうと思った。どれくらい苦しいのだろう。目眩は? 頭痛は? それほど痛くて、耐えられないほどなのかしら。

私の体はきっとそれを知っている。でも、今の私はなにも知らない。吐血したことも、視界が霞むような体験もないのだ。

怖い……。

知らないことは怖い。知らないことは、どうしたって覚悟ができない。だって、わからないから。

俯くと、ライアンがテーブルの上に置いてあったカバンから地図を取り出し、テーブルに広げた。

「……？」

「ここを見てくれ」

ライアンが地図を指さす。見ればそこはディアルセイ帝国だった。私が頷くと、ライアンがふと今気付いたように言った。

「……そう言えばきみ、記憶を失ったとはいえ一般的なことは覚えてるんだな」

「……！」

確かに、と思った。確かに私は以前の自分のことについてなにもわからない。思い出そうとすれば締めつけられたように頭が痛む。だから、思い出すこともできない。記憶を探れば、なにか、恐ろしいことも思い出してしまいそうな気がして……。それは本能的な恐れなのだろうか。だけど、それ以上無理に思い出そうとも思えなかった。怖い。ただ、それに尽きる。

私は黙って小さく頷く。ライアンはそれを見て、小さく笑った。

「その仕草、変わらないな」

「え……？」

「いや、なんでもない。とにかく、俺たちは今ここにいる。リマンダ、という街を知っているか？」

「リマンダ……」

小さく呟《つぶや》く。そして、すぐに気がついた。リマンダは人売りの街だ。ディアルセイのリマンダといえば治安がひどく悪いことで有名だ。

どうしてそんな場所に、私、いるの……。不安になって思わず自分の両手を握った。ライアンはそんな私を見て、安心させるように言った。

「安心してくれ。もうこの街は出る。元々きみが回復したらすぐ出る予定だったんだ」

「……そう、なんですか」

穏やかな、落ち着いた口調だった。

まだ会って少ししか経っていないが、このライアンという青年はよく人のことを見ていると思う。観察眼……というより立ち回りがうまいのかもしれない。人の感情の機微に聡い……？

それがなにか引っかかって、私は不可思議な違和感を覚えた。

この後はどこに行くのだろう、そう思って口を開きかけると、口に出すより先にライアンが告げた。

「次に向かうのはここだ。ネロルの街」

「ネロル……？」

聞いたことのない街だった。ライアンが指さした場所を見れば、確かに、リマンダから少し離れたところに街が一つあった。周りは山で囲まれている。

地図を見ていると、ライアンはトントン、とネロルの街から東南の方向へと指を動かした。

そこには国が一つあった。国名は……オッドフィー国だ。最近隣国と合併したと聞いた覚えがある。

「そしたら、オッドフィー国は真下。南下すれば一直線だからな。海を挟むから少しかかるが、まあひと月もあれば着くだろう」

「ひと月……」

そんなにかかるのかと呆然とする。どうしよう。あっさり決めたけれど思ったよりも長い旅になりそうだった。そこでふと、気がつく。そうよ、こんな長旅をしなくても独自魔法を使えば一瞬で済む。

「どうして魔法を使わないのですか？」

「魔法？　……ああ」

そこでようやく気がついたとでもいうようにライアンは言った。そして地図をカバンに戻すと、あっさりとこう続ける。

「魔法を使えばきみ、すぐにでも死ぬぞ。魔力が枯渇《こかつ》して」

「え……」

「言っただろう、きみは魔力欠乏症なんだ。魔法はおろか、普通に生きることすら本来は難しい。そんな中、魔法なんか使ってみろ。すぐさま魔力切れで死ぬぞ」

「……」

思わぬ言葉に息を呑んだ。魔力欠乏症、さっきからライアンに説明を受けてはいたが、そこまでひどいものだと思わなかった。ライアンの言っていた魔力欠乏症の症状を思い出す。吐血に、吐き気、頭痛に目眩、視界の霞み。聞いたときもしかしたらそんなにひどくないのかもしれないと期待した。だけど抱いた希望が打ち砕かれていく。

今の話が本当ならきっと、発作というのもかなり辛《つら》いはずだ。唐突に恐れが込み上げて、私は唇を結んだ。

「まあ、幸いにもこっちには応急処置の手立てがある。万が一発作が起きてもそう苦しまないようにするから、そんなに怖がらなくていい」

「苦しまないように……殺すんですか!?」

「なんでそうなる!? だいたい、きみが死んだらもとも子もないだろう。きみは指輪の持ち主で、大切な仲間だ」

「仲間……」

言われた言葉をそのまま呟《つぶや》く。なんだか不思議な心持ちだった。

そんな私を見て、ライアンがため息を吐く。それから、どこか優しげな瞳をした。ライアンは時折そういう目で私を見る。まるでそれは親しい者を見るような――慈愛、の視線……？

家族に向けるようなものと少し似ている気がする。

そんなことを考えていると、ライアンが軽く私の頭に触れた。ぽんぽん、と軽く数回撫でられる。

「きみが元気になってくれてよかった」

「私は、そんなに危なかったのですか？」

ライアンに聞くと、彼は「んー」と少し悩みながらも続けた。

「危ない、というより元気がなかった、というのかな。とにかく……調子が戻ったようでよかった。今日はもう遅いから、明日朝一でここを発つ。いいか？」

「わかりました」

ライアンの言葉に頷いて、私は肩の力を抜いた。知らないことばかりだ。わからないことばかり。ライアンから自分の名前は聞いたものの、私はそれ以外を知らない。

自分は何者なのか。どうして魔力欠乏症になったのか。私はなぜ、ライアンといるのか。

そしてどうして——私はリマンダの街になんて、一人で来ていたのか。

考えれば考えるほどわからなくなる。なにか摑めそうになってそれを追いかけても、あと少しのところでするりとそれは逃げてしまう。無理に追いかければ頭は痛む。好奇心は猫をも殺す。そういった言葉を思い出す。

だけど、それでも私は自分の記憶が気になった。だって、なにもわからない。私という人間が今までなにをしてきて、そしてなにを考えていたのか。

もし、なにか恐ろしいことをしていたら。もし、悪人のような考えを持つ人間だったのなら。考えれば考えるほど不安は広がっていく。

窓の外からこぼれる月明かりをたどって月を見上げれば、ふいにライアンが腰を上げた。

「さて……じゃあ、お姫様の目も覚めたことだし、俺も寝るか」

お姫様？

随分キザな言い方をするのねと、そう思う前になぜかその言葉が引っかかった。なぜ。なにかしら。私、なにか思い出そうとしている……？

だけど、やはりそれは形にならない。だけど、どこか懐かしい響きだった。

……お姫様という言葉に引っかかるなんて。

もしかして私は王族の出だったのだろうか。だから引っかかりを覚えた……？　考えて、すぐに首を横に振る。いや、そんなことはあるはずない。自分が王族である可能性なんて。

「おやすみ。なにかあったら隣の部屋にいるから言ってくれ」

ライアンの言葉にハッとする。

ライアンはいつの間にか部屋の扉に手をかけていた。どうやら続き部屋になっているらしい。

それに少しだけ安心して、そして少しだけ不安に思う。ライアンをまだ、信じきれていない。

だって、ついさっき会ったばかりだ。

きっと私とライアンは以前は友人……のような関係だったのだろう。だけど、私はそれを知らない。覚えていないのだ。

「おやすみなさい、ライアン」

言うと、ライアンはドアノブに手をかけたまま振り返った。青色の瞳が月明かりに照らされて、その色彩が明るくなる。光の当たり加減で瞳の色が変わるなんてまるで猫のようだ。

「おやすみ、でいいよ。エアリエル」

「……だけど、」

今さっき会ったばかりの人に気軽に話しかけるのはあまり気が進まない。私が戸惑っていると、ライアンはそのまま言葉を続けた。

「前のきみも、敬語を使わなかった」

「……！」

「まあ、それも最近の話なんだけどな」

そもそも知り合ったのがつい最近だ、とライアンは続けたがその言葉は耳に入ってこなかった。それより、私は奇妙な違和感を覚えていた。

以前の私のこと。それを、私は知らない。複雑な気持ちだ。

私の知らない、私の話。自分のことなのに、私はそれを知らない。自分のことなのに、自分がわからない。それはすごく居心地が悪くて、そして不安定な気持ちになった。私はそれを隠すように両手を握った。そして、ライアンを見て言う。

「……おやすみ、ライアン」

思ったよりも声は小さくなってしまった。だけどライアンはそれにまた、

「ああ、おやすみ。アリィ」

と言葉を返す。そして、今度こそ扉を開けて、向こうの部屋に消えていく。

ぱたん、と扉が閉められる。

私は一人、息を吐いた。忙しなく心臓が動く。それは緊張からか。恐れからか。きっとそのどちらもだ。知らない相手と話すのは緊張する……。でも記憶のない今、私に頼れる人はいない。

そういえば、ライアンは私が記憶を失った原因を言わなかった。

聞いたのは、私と偶然リマンダの街の外れで出会い、意気投合したこと。そして、指輪探しの旅をしているということ。確か、でもその後なにか……。そうだ、その後、私の名前を教えてくれたのだった。やはり、ライアンは私が記憶を失った理由を話していなかった。話し忘れたのだろうか。でも、そこまで長く話したわけでもないし、さっき少し話しただけの相手だけれど、彼はそんなにミスをする人間のようには見えない。

ということは、意図的に……？

なにか、私に言えない事情でもあるのだろうか。私が記憶を失った経緯を、話せない事情が。

例えば……それを話すと、私が記憶を取り戻してしまう、とか……。

「そんなわけないか……」

そもそも記憶を意図的に消すなんて不可能だ。人の記憶や時を弄《いじ》る魔法は禁忌《きんき》とされている。

と、なれば、

「話しにくい事情でもあるのかしら」

明日にでもライアンに聞いてみよう。

そう思って、私はベッドへと潜《もぐ》り込んだ。


次の日。

まだ日が昇ったばかりの時間にライアンに起こされた私は、寝ぼけ眼《まなこ》をこすりながら顔を洗った。軽く身だしなみを整え、鏡で確認した後、廊下に続く扉を開けた。

そこに、ライアンがいると信じて疑わず。

「お待たせ、行きましょ、う……」

扉を開けて廊下に出ると、そこには謎の人物がいた。首から下は人間なのだが、すっぽりとローブで覆われていて、顔は熊なのだ。しかも随分と作りが生々しい。ぬばたまの瞳はまるで人を吸い込むような気味悪さを放っている。鼻は少し痩けていて、そこだけ鋼製の作りなのか

くすんでいる。じっとまっすぐに見る熊の目と視線が合って――、

「っきゃっ……！　ッん……ん……!!」

思わず悲鳴を上げそうになった。

だけど熊男がばっと私の口を押さえる。まるで私が悲鳴を上げるとわかっていたかのようなタイミングのよさだ。熊男は私の口を押さえたまま、小声で言った。

「ちょっ……叫ばないでくれ。俺が怪しまれるだろう……！」

言っていることはかなり変質者のそれだが、声に聞き覚えがあるのに気付き、私は熊男の手を振り払った。そして、肩で息をしながら熊男――ライアンが被っている熊のお面を見る。

というより、これなにかしら……？　お面……だけど、剝製？　なんだかすごくリアルで生々しい。本物の熊の剝製を使ってるんじゃないわよね？　鼻こそ鋼製だがその周りを象る毛束は本物の熊の毛のように見えて仕方ない。

「……ライアン、あなた、なにしてるの？」

静かにそう聞くと、ライアンは首を傾げて答えた。お面をしていなかったらきっと様になっていただろうが、今はダメだ。お面が全てを台無しにしている。端的に言って、とても怖い。

こんなの、もし真夜中に子供が見たらトラウマものよ。大号泣してしばらくは忘れられないわ。いや、大人になっても思い出すかも。それほどまでに、その熊の仮面は不気味だった。

「なにって……きみを迎えに来たんだが？」

「そんな不気味なお面をつけて？」

「そんなに不気味か？　可愛いだろう？」

「……」

まだ会ったばかりで彼のことをなにもわかっていないとは思ったけれど。今、まさに私はライアンのことがわからなくなった。

「さて、じゃあそろそろ出発するか」

私がなにも言わずにライアンを見ていると、ライアンはこれ以上熊の仮面について言及されたくなかったのかそんなことを言い出した。よっぽど愛着があるのね……。

別に、無理につけるのをやめさせようとは思わない。だけど、慣れるにはちょっと……かなり時間は必要だと思う。いや、そもそもこれ、熊の仮面は慣れとかそういう問題ではなく、条件反射でびっくりしてしまうのだ。暗闇でいきなり人が現れたときの感覚に近い。

私はそのままライアンの後に続き、階段を下りた。階段を下りて、初めて私は建物の上階にいたのだと気付く。

そしてこの宿、かなりシンプルな造りで一言で言うなら荒屋のように見えたけれど……よく見ると、かなり手入れがされている。いや、手入れというよりこれは……魔法？

気がつけば、それはすぐに感じられた。あちこちに魔法の跡が残っている。壁や柱、床タイルに至るまで丁寧に施されていた。宿屋に補強魔法がかかっているなんて珍しい。

思わず足を止めた私に、ライアンが振り返る。

「どうかしたか？」

「……ここ、魔法があちこちに使われてるのね」

言うと、ライアンは「ああ」と今気がついたように言った。そして、視線を上げると早速補強用に使用されたであろう魔法の跡を見た。ある程度魔力がないと魔法の跡は感じられない。ライアンは魔法が使えるのだろう。

そう言えば、ふと思い出す。ライアンは、指輪の持ち主は魔力欠乏症になるのだと言っていた。ということは、彼もまた魔力欠乏症なのだろうか。

どうしよう、聞いていいことなのかしら。病気かどうか聞くなんて、失礼な気がする。でもライアンは私が魔力欠乏症だと知っている。そうしたら聞いてもいいか。

そう思っていると、ライアンが短く説明した。

「ここは魔法で補われてる宿だからな。リマンダで安全な宿はここくらいしかない」

「……そうなんだ」

「気になったか？」

「ええ。なんだかここ……不思議ね。あまり、見ないわ。こういう宿」

そもそも私がどれほど宿について知っているかわからないのだけれど。そう思いながら壁を見ていると、ライアンもまたそれに同調した。

「そうだな。魔法で補強された宿なんて俺もあまり知らない。この宿も知り合いに教えてもらったんだ。リマンダに行くならここ以外ないってな」

「リマンダに用事でもあったの？」

そうだ、そもそもこの人はどうしてリマンダの近くを歩いていたのだろうか。僅かに警戒心を見せながら聞くと、ライアンは両手を上げて弁明した。

「言っただろう。俺は指輪探しをしているんだ」

「……うん」

「最初、探していたのはきみのvier《フィーア》の指輪だった。リームア国に指輪があることはある程度わかっていたから、そこに向かう途中だったんだ。リームアはディアルセイから見ても四時の方角だな」

そう言うと、ライアンは一拍置いてからまた言葉を続けた。

「その途中だったんだよ。偶然リマンダの近くを歩いていただけだ。本来なら隣町まで進むつもりだった」

「じゃあ、本当に偶然？」

「そうだって言ってるだろう。いや、でも本当によかった。もし入れ違いにでもなっていたら悲惨だぞ。タイムオーバーで俺たちはみんな死に、指輪の持ち主は自動的に移行する。それで、指輪はその持ち主をまた呪い殺す。その悪循環が永遠に続くんだ」

私はライアンの言葉を聞きながら、ふと思ったことを呟《つぶや》いた。

「でも、もしかしたら次の持ち主、ううん。次じゃなくてもその次。誰かが指輪を集めてその……えーと……神落ち……だったかしら……？　を、倒すことはないの？」

聞くと、ライアンは少し動きを止めた。相変わらず熊の仮面は不気味だ。やっぱり仮面を変えてくれないかしら。

……ううん。その前に、どうして彼は仮面なんてつけているの？

私が新たな疑問を覚えていると、ライアンはため息を吐きながら答えた。

「……無理だな」

「え？」

「とにかく、俺たちがなんとかしないとこの指輪の呪縛は永遠に続く。守りの指輪が呪い化するなんて笑えないだろう？　だから早くなんとかするしかないんだよ」

「……そうね」

ライアンの言い分はわからないでもない。私だって死にたくない。まだ、なにもわからないけれど。だけどむざむざ死ぬようなマネはしたくない。

私が頷くと、ライアンはようやくまた階段を下りはじめた。

ライアンが会計をしている間、私は窓から外を見ていた。朝陽が入り込むとはいえ、まだ早朝。空は白く、空気も冷たい。ディアルセイ帝国って、こんなに冷えるんだ。

多分、私は今までここに来たことがない。初めてな、気がする。肌に突き刺さる寒気を感じながら、私はライアンを待った。

ライアンはすぐに戻ってきた。お金が入っているであろう巾着をカバンにしまうライアンに、私は声をかけた。

「いつもあなたが払っているの？」

「いつも、って言っても俺もきみと知り合ったのはついこの間だからな」

え。思わず声が口に出そうになってしまう。この人、私のことなにも知らないの……？　なのに私はこの人とこれからの旅路を共にするの？

不信感が一気に吹き出す。もしかしてこの人、あやしい人なんじゃ……。記憶を奪ったのだってもしかしたらこの人かもしれない。

私が不信感あらわにライアンを見ていると、ライアンは慌てて続けた。

「ああ、でもそう怪しい者じゃない。本当に俺は、って、ああ。面倒くさいな。いちいち説明するのが。とにかく死にたくないなら俺についてきてくれ。ついてきてくれるなら、必ず俺がきみを守る」

「……キザ」

思わずぽつりとこぼすと、ライアンは笑って答えた。

「キザでもなんでもいいさ。本当のことだからな」

「……あなたって、なんだか」

そこで、言葉を止めた。

ライアンが宿の扉を押して、外に出たからだ。そして、もっと言えばその外から冷たい風が入り込んできたから。コートを羽織っているとはいえ、その寒さは厳しい。思わず息を詰める。

「おっと、今日は一段と冷えるな」

「なにこれ、すごく寒い。ディアルセイ帝国ってこんなに寒いの？」

「冷えるときは冷えるな。ほら、熱魔石《ねつませき》だ。それを持ってるといい」

ライアンは振り返ると、私にそれを渡した。熱魔石――それは文字どおり熱い石で、だけどただ焼かれた熱い石とは違い、魔法がかけられている。その熱は一日経っても冷めることはなく、冬場の寒いときは重宝する代物《しろもの》だ。布で包まれたそれを受け取って、私はお礼を言った。

「ありがとう」

「なに、この地については誰より詳しいからな。なにか困ったことがあれば言ってくれ。可能な限り対処する」

「じゃあ、その熊の仮面をなんとかして欲しいわ」

「すまない、それは無理だな」

「あ、そう……」

私はそう言いながらポケットに熱魔石を入れた。ほんのりとしたあたたかさが手のひらに広がる。ライアンは雪の降る道を踏むと、あたりを見渡してから私に言った。

「やっぱり、変わらないな」

「？　なにが」

聞くと、唐突に振り向いたライアンに手を握られた。びっくりして思わず固まってしまう。

だけどライアンはそれには構わず、私の手を握ったまま歩いていく。早朝のリマンダの街は、人気《ひとけ》も少ない。ただ、細い路地裏に男たちが何人か集《つど》っているのが見えた。あまりいい雰囲気とは言えないようだ。

なるほど、守ってくれているわけね。

私はライアンにつながれている手を握り返した。寒い冬の朝では、その手の温もりは心地よかった。

「……このまま、ずっと歩きっぱなし？」

「そうなるな。きみの体調面を考えつつの行程になるだろうが……まあ、ネロルの街はここからそう遠くない。すぐにでも着くさ」

「そう……」

雪の道程はきついものになるだろう。雪道を歩いた経験は記憶にないが、おそらく厳しいものになるだろうということだけはわかった。雪道を歩くのって、なによりも体力を使うものね。

そしてもう少しでリマンダの街を出る、というとき。ライアンが突然足を止めた。周りは閑散とした街道が広がっている。大通りに誰もいないのは少し不気味にも思えた。

「ライアン？」

「しっ」

聞くと、鋭く注意を投げられる。顔を上げたのとほぼ同時、すぐ目の前で火花が散った。バチィッ！　と青白い閃光《せんこう》が走り、思わずその光の強さに目を閉じた。

「きゃっ……!?」

「思った以上に早かったな」

ライアンが呟《つぶや》く。私はその声を聞いて恐る恐る目を開けた。すると、さっきまでは誰もいなかった大通りに一人の人間が立っていた。ローブを着て体型を隠しているからわからないが、その身長から女性なのだろうとわかる。

女性は顔を上げた。そして、目が合う。

「っ……」

フードのせいで顔はわからなかったはずなのに、なぜか、目が合った、と強く感じた。そしてその瞬間、膨《ふく》れ上がるような殺意も感じた。恐ろしい形相《ぎょうそう》で睨まれた気分になった。思わず数歩、後ずさる。

それが引き金になったのか。その女はすぐに先手を打った。勢いよく踏み込むと、こちらに向かって走ってきたのだ。

フードがまくれ、その髪色が顕になる。茶髪だ。そして、顔には白い仮面をつけている。目と口だけ穴が空いたそれは、不気味で恐ろしい。

誰なの？　彼女は一体誰？

ざっと私と女の間にライアンが立った。ライアンにさえぎられて、女が見えなくなる。

ライアンはおもむろに人差し指で宙をなぞった。魔力が込められた人差し指から光がほとばしり、宙に光線が舞う。

「光術守式第三十四の唄《こうじゅつしゅしきしょう》──閃光《フォティノス》」

唱えた瞬間、ライアンの前方に凄まじい光がほとばしった。思わず手で視界を覆う。

やがて、光は収まった。

そっと目を開けると、目の前には変わらずライアンがいる。ライアンは大丈夫なのかしら？　術者だから？　それとも、熊のお面を被っているから？　もし後者なのだとすれば、私もそのお面、欲しいかも。そう思って、首を横に振った。いや、やっぱり嫌だわ。

私はしばらくライアンの様子をうかがっていたが、ふいにライアンが手を下ろした。

「……逃げたな」

「逃げた？」

思わず聞き返す。見れば、確かにライアンの言うとおりその大通りにはもう人影はなかった。脇道もないこの大通りで、どこに逃げたのかしら。

私が考えていると、ライアンはこちらを振り向きながら答えた。

「ああ。視界を潰して仕留めようかと思ったんだが……思ったより頭が回るらしい。あの女、俺が魔法を唱える前に次の手を読んだ」

「それって、つまり、」

そこまで言いかけたとき、はっとした。

先ほどまで消えたように見えた女が、短剣を持ってライアンの後ろに切り込んできたのだ。

咄嗟に私は叫ぶ。

「ライアンッ、後ろ……!!」

その言葉だけで反応できたのか。それとも、気配に気がついていたのか。ライアンは振り向きざまに剣を抜いた。そして、剣戟の鋭い音が大通りに響く。

キィン、と剣と剣がぶつかる音がして――押し負けたのは、女のほうだった。

「っ……チッ！」

女は大きく舌打ちをすると、次の手を打ち込む前に大きく後ろに飛んだ。魔法だ。彼女は体に補強魔法をかけている。

ライアンもまた、剣を構えながら女を見ている。女は白い面のせいで表情がわからない。だけどなぜか、どうしてだろう。先ほどからよく視線が交わる気がする。そして、そのたびに強い憎悪を向けられているような……。

女はしばらく剣を構えていたが、やがてぱっと後ろを向くと素早い身のこなしで走っていった。やはり補強魔法を使っていたらしく、建物を登るように走ると、あっという間に消えていった。

思わずライアンを見て聞く。

「追わなくてよかったの？」

「ああ……いや、今後のことを考えるなら捕まえて目的を吐かせておくべきだが。きみを守りながらそれをするのは、少し骨が折れる」

「……そう、よね」

せめて、私が魔法を使えれば。そう思っていると、ライアンはぱっと振り返って剣をしまった。そして、軽く伸びをするとそれまでの重い雰囲気を払拭するように言う。

「まあ、きみのことはなにがあっても俺が守る。だからそう不安そうな顔をするな。補強魔法なんて大層なもんを使ったんだ。魔力不足であの女もしばらくは近づいてこないだろう」

「……ねえ、ちなみに聞くけど、彼女、あなたの知り合い？」

彼女は誰なのか。そして、なぜ私たちを狙ったのか。標的は私？　それともライアン？

聞けば、彼は口元に手を置いて考え込む。そして、首を横に振って答えた。

「……いや、残念ながら知り合いではないな。そもそも俺の場合は女が寄越されることはない」

「どういうこと？」

「だいたい送り込まれるのは頭から爪の先まで筋肉が詰まっているような脳筋と決まっているからな。……っと、俺の話はいいんだ。とにかく先を急ごう。さっきの女が戻ってくる可能性は低いが、自爆覚悟で来られたら面倒なことになる」

ライアンに促され、私たちは足早にリマンダの街を後にしようとする。ふと、あんな魔法激戦を繰り広げたのだから街の人たちも起きてきたのではないかと周りを見る。そして、息を呑んだ。

変わらず大通りは人気がないが、周りの家の窓からはギョロりと目が覗いていた。それも一人ではなく、複数。我ながらよく悲鳴を飲み込めたものだと自画自賛する。明かりはつけていないのか、暗闇の中に目だけが浮かび上がっていて、それが恐ろしい。

……もし、これが私一人だったなら危なかったのでしょうね。

今更ながらそう思い、私はライアンのローブの裾をぐっと掴んだ。

「どうした？」

「ここ、怖いわ。早く行きましょう」

言うと、ライアンは納得したように頷いた。

リマンダの街を出ると、ようやく落ち着いた。ずっと気を張っていたのだ。あの街では、少しの油断が命取りになるに違いない。

そしてふと、気になっていたことをライアンに尋ねることにした。

「ねえ、あなたと私って、リマンダの近くで出会ったのよね」

「またその話か」

「私、どうしてリマンダの街になんていたの？」

ライアンが知っているかはわからない。だけど、なにか知っているのなら教えて欲しかった。自分という人間を知る手がかりの一つになるはずだ。

私がザクザクとライアンの後ろを歩きながら聞くと、ライアンはちらりと私を振り返った。とは言っても、その熊の仮面のせいで表情はうかがえない。

「それは俺も知らん。きみは必要最低限のことしか言わなかったからな」

「なにか、聞いてないの？　どうして私がリマンダにいたのか」

聞くと、ライアンは少し息を吐いてから答えた。

「訳ありだとは言っていたな」

「……訳あり？」

「そうだ。そして、俺もまたいろいろと面倒な人間だからな。だからこそ、お互い干渉はしないことにしたんだ」

「……」

ライアンの言葉が耳を滑っていく。訳あり、だった？　私が？

訳ありとはつまり、なにか理由があって素性を明らかにできないということ。つまり、私はライアンになにかを隠していた。ライアンに言えない、なにかを。

私は考えながら、ライアンを見た。熊の仮面が目に入る。

「……私も、顔を隠したほうがいいの？」

「きみ指名手配犯だったのか？」

「……知らないわよ」

言うと、ライアンは「いや悪い悪い」と冗談っぽく謝った。どうやら彼なりに雰囲気を和《やわ》らげようとしたらしかった。だけど私は私のことについてなにも知らない。もしかしたら私は極悪人の指名手配犯かもしれないのだ。それを、否定するすべを。根拠を。今の私は持たない。

私が黙っていると、ふとライアンは足を止めた。そして私の隣を歩き出す。

「そうだなぁ。確かにその髪はこの国だと少し珍しい」

「髪？」

私は自分の髪に触れた。だいぶ短い、と思う。以前の私は短髪のほうが好きだったのかしら。髪にあまりこだわりはない。だけど短いのは首元がスースーして少し落ち着かない。そういえば、私よりライアンのほうが髪が長いのよね。今更ながら気がついた。

ライアンはそんな私の髪を見つめながらあっさりと言った。

「ああ、この国でその銀髪はまずいないからな」

それを聞いて、髪の長さではなく色のことを話しているのだと気付く。

「変えたほうがいいのかしら」

「魔法で？　あいにくだが俺は無属性の魔法は不得手だぞ」

髪の色を変えるのは特殊な魔法——無属性魔法に分類される。そして、頼みの綱であるライアンは無属性魔法は苦手らしい。

「いや、できることはできるが、髪だけじゃなく肌も目の色も変わってしまう可能性があるな」

「それは怖いわね……」

どうやら魔法の加減が難しいらしい。さすがに肌の色が緑や青になっては困る。変えるのは髪色だけでいいのだ。そうなると、

「染色粉って売ってないの？　それで染めるわ」

「染色粉なぁ。今はどの街でも取り扱いはしてないな」

「え……!?」

その言葉に驚いた。

染色粉など、少し大きな街の雑貨店にでも行けば普通に置かれているものだ。そんなに珍しいものでもない。

「前は売ってたんだがな。今はどこにもない」

「ど、どうして……？」

聞くと、ライアンは答えた。

「騒動だよ。ディアルセイの帝都で軽いパニックが起きた。なんでも、この国の皇太子殿下は銀髪の娘が好きだとどこかで噂が流れたらしい」

「……」

ライアンはその噂話とやらを私に聞かせはじめた。

話しながら歩いていれば、確かにネロルの街はすぐだった。もう街が見えはじめている。雪道は辛《つら》いだろうと思ったが、それほどでもなかった。確かに足腰には少しくるが、そこまで過酷でもない。

なぜなのかと不思議に思って考えて、雪があまり積もっていないからだと気がついた。雪はかなり降っているが、水気の多い雪なのか、そんなに積もらない。サクサク踏みしめる音はするものの、足がはまるといったようなことは起きなかった。

「どこから流れた噂かは知らないが、皇太子妃の座を狙う令嬢たちにはこれ以上ない情報だろうな。結果、染色粉の買い占めが起きたわけだ」

「買い占め、って……」

「貴族連中が考えることはわからん。とにかく、他家に負けないように必死だったんだろうな。そんな過程もあり、皇都からは染色粉が消えた。地方からも取り寄せるほどの勢いで、皇都の混乱はひどかったらしいな」

「……あの、それで、皇太子殿下は本当に銀髪がお好きだったの？」

聞けば、ライアンは笑いながら答えた。

「さあな。それは俺も知らん。だがどこを見ても銀髪の娘しかいないとなれば、銀髪の娘が好きとはもう言えないだろう。選ぶ女がみな同じスタートラインであるなら、次は違う点で選ばなきゃならんだろうし」

「……そう」

みな同じ髪色、同じ銀髪となれば、それは圧巻だろう。ただでさえ銀髪は少ないとライアンは言った。そんな銀髪しかいない帝都はかなり奇妙だろうと想像する。

「だからまあ、そんな事情もあって今は地方に銀髪の娘は本当にいないんだよ。いたとしても、染色粉がない今は生まれつきの者だけとなるが、それは元々とても少ない。きみのような綺麗な銀髪になればもっと少ない」

突然髪色を褒められて驚く。そんなに綺麗な髪だろうか。私の髪よりも、ライアンの雪色の髪色のほうが美しいと思うけれど。

とにかく、髪色を魔法で変えることは不可。そして染色粉で染めることもできないとなれば、あと残されているのは……。ちらりとライアンを見る。いや、正確には、ライアンの仮面を。

見て、首を横に振る。

いや、あれはないわ。あれは嫌だわ。さすがに。でも好き嫌いを言っている場合ではないのかもしれない……。というよりそもそも、

「あなたはどうして仮面をしているの？」

「ああ、これか？　俺も面倒な生い立ちだからな。カムフラージュってやつだ」

「……」

カムフラージュ、あんまりできてないけれど……。どちらかというとその熊の仮面のせいで悪目立ちしている。ライアンはそれに気付いていないのだろうか。

しかし染めることができないのなら顔を隠すしかない。でも顔を隠すといってもなんで隠したらいいのかしら……。雑貨店を探して仮面を探すのが手っ取り早いだろう。そう思っているとライアンが言った。

「これの替えならあるが、使うか？」

「…………いや、いいわ」

「随分悩んだな」

「いらない」

ライアンに言われてかなり逡巡したが、結局の答えは拒否。確かに仮面ならなんでもいいかもしれないけれど、でも、熊の仮面は嫌だ。熊の仮面は……！

そもそも二人してそんな面をつけていれば悪目立ちどころではない。最悪不審者認定されかねないし、衛兵を呼ばれるだろう。魔物かと思われそうだし。改めて思うが、その熊の仮面はやっぱり邪悪すぎる。ライアンの趣味は悪い。そんなことを考え、私は仮面については置いておくことにする。

そもそも私の『訳あり』がどういった意味で訳ありなのか、私はまだ知らない。ひとまず素顔で街に入ってみて、様子を見ることにしよう。まさか銀髪だからといって追い出されることもないだろう。……多分。少し物珍しい目で見られるくらいだわ。きっと。

なによりライアンが言わないということは大丈夫なのだろう。本当に危なかったらきっと言ってくれるはずだ。……そうよね？

私は先を歩くライアンに尋ねた。

「なにかあれば、守ってくれるんでしょう？」

確認も含めて聞くと、ライアンは振り向く。振り向かれると熊の瞳と目が合って少し怖い。

「ああ、命にかえてもな」

「……大袈裟」

「そうでもないさ。俺も命がかかってるからな」

その後ライアンはなにか呟《つぶや》いたが、それは独り言だったらしく後ろの私にまで届かない。

なにを言ったのかしら。私の悪口だったらどうしよう。質問が多くて面倒だな、とか？ ライアンはそんなこと言わなそうだが、声が聞こえなかったばかりにそんな妄想をしてしまう。

でも、いいわ。聞きたいことは聞けたもの。

とにかく、ライアンは私を守ってくれるらしい。いざとなったら逃げればいいし……とこれからの予定の算段をつけていれば、ようやくネロルの街が見えてきた。

第5章

繫がるもの、繫がらないもの

ネロル

ネロルの街。

リマンダの街と違ってそこには女性もいた。数は男性より少ないように見えるが、それでも女性は確かにいた。子供も走り回っていて、穏やかな街に見える。

ネロルの街の住人は私をちらりと見た後、ぎょっとした顔でライアンの顔を見る。……銀髪の私よりライアンの熊の仮面のほうが目を引いているらしい。いいのか、悪いのか。私のカムフラージュにはちょうどいいけれど、多分それはライアンの狙っているところではないはずだ。

ひとまず腹ごしらえをしようということになって、私たちは手近な店に入ることにした。太陽は既に真上に近い。もうすぐお昼時だ。

私たちはこぢんまりとした定食屋に入ることにしたが、大通りは人が多い。人を避けて歩こうにも、人を避けた先にまた人がいる。

「きゃっ……」

「おっと、すみません」

うまく避けきれなくて、つい私は人にぶつかってしまった。見れば、人のよさそうな男性だった。

「ご、ごめんなさい。私のほうこそ……」

「大丈夫か？」

ライアンに声をかけられて、私は頷く。そしてもう一度その男性に謝ると、私たちはすぐにその場所から移動した。ネロルの街、帝都でもないのにこんなに人がいるのね……。さすが大国、ディアルセイ帝国。外れの街までこんなに栄えているなんて。

目的の定食屋に入ると、それなりに人が入っていた。店の雰囲気もよさそうだ。

私たちが空いている席に座ると、店員がやってくる。

「いらっしゃいませ！　注文がお決まりでしたらお呼びくだっ……さい！」

グラスを持ってきた女性店員は私に言い、ついでライアンを見ると言葉を詰まらせながらもなんとか言い終えた。私は初めて見たとき悲鳴を上げたというのに、すごいプロ根性だと思う。

私はテーブルに置かれたメニュー表を見た。どれも見覚えのない料理名で、そして食欲をそそられる。

そういえば、ライアンは、食事中その仮面を外すのだろうか。でも、そうしたら意味がないんじゃない……？

そんなことを考えていると、店にまた新たな客が入ってきた。この店は街を入ってすぐのところにある。だからだろうか、人の入りが多い。

新たに入ってきた客は二人だった。どうやらどちらも男のようだったが、フードを被っていてその顔はわからない。ただ、一人のフードからは茶髪が覗いている。茶髪は、世界でも一番多い髪色だ。それにしても二人ともフードを被っているなんて、変ね……。

私たちも人のことを言えない状況ではあるがそれを棚に上げて思っていると、ふともう一人の男がフードを取り払った。

赤髪の青年だった。赤い髪は珍しい。思わず見ていると、ふとその青年が振り返った。そして、視線がぶつかる。さすがに気まずくなって、私はぱっと視線をそらした。

「決まったか？」

「え？　あ、ええ……。ええと、私はリラのタングラッチャーにするわ」

ライアンに突然聞かれて、私はひと目見たときから気になっていた料理を指さした。それを見て、ライアンもまた頷く。

そして、ライアンが店員に声をかけた。

「すまないが、注文してもいいか？」

「あっはっ、ハァイ！」

声を裏返しながらやってきたのは先ほどの女性店員。他にも店員がいたのだが、どうやら押しつけられたらしい。

女性店員に注文をして、ようやく私たちは一息ついた。

料理は、とても美味しかった。

リラのタングラッチャーだが、煮込み料理だったらしい。どこか懐かしい、味がよく染み込んだ野菜のスープ。チーズがふんだんに使われたそれは私のお腹を十分に満たした。

ライアンは野菜を溶かし込んだようなリゾットを食べていた。そういえば、ライアンは肉をあまり食べない。いや、肉だけではない。魚もあまり食べているところを見ない。と言ってもライアンと食事したのは今日の朝と、今の二回だけ。朝は、朝ごはんだから食べていないのかと思ったが、昼ごはんもまた野菜系とは。もしかしてライアンは肉や魚が苦手なのだろうか。

そう思って聞くと、ライアンはあっさり、

「俺はベジタリアンなんだ」

と答えを返してきた。

ちなみにライアンは食事中仮面を取らなかった。すごく食べづらそうだったけれど、そんなに仮面を取りたくないのかしら。

「お料理、美味しかったわね。ここを選んでよかった」

食事を終えて店を出ると、ふいにライアンがちらりと視線をどこかに飛ばした。

「……ライアン？」

「走るぞ」

「えっ⁉　きゃあ！」

ライアンは突然私の手を取ると、そのまま摑んで走り出した。事情もなにも聞いていないが、ライアンが走れと言うのならそれに従うほかない。だけど食べた後にすぐ走るのはちょっと……いや、かなりきついわ……!!

ライアンは人の多い大通りをまっすぐ走ると、すぐ横の路地裏に入った。そしてくねくねとした路地を右左に曲がり、まるで知っているかのように路地裏を駆けた。

そして、ようやくライアンが止まる。目の前には壁があった。行き止まりだ。

「あの……ライアン」

「きみはここにいてくれ」

そう言って、ライアンは私を背中に隠した。私が息をひそめていると、すぐにそれは起きた。なにか、鋭いものが飛んできたのだ。

咄嗟に目をつぶると、それと同時にキィン……! という高い音が鳴る。見れば、ライアンが剣を抜いてそれを弾いていた。ライアンの剣は細く長い。狭い裏路地では満足に振れないのではないかと思ったけれど、よく見ればここの道幅は裏路地にしては広い。

ライアンが弾いたものが壁にぶつかった。それでもなお勢いを殺しきれなかったそれは、カシャンカシャンと細かく回転して、私のすぐ近くで止まる。見れば、それはダガーだった。

私は息を呑んで思わず胸の前で両手を握ってしまった。

「この予想は当たって欲しくなかったんだが……」

ライアンが呟《つぶや》く。どういうことかと思って見ると、曲がり角からゆらりと人が現れた。それは、どこにでもいそうな風体の男だった。だけどこの人、どこかで見たような……。そう思って、気付く。

そうだわ！　この人、さっき私とぶつかった人!!

思わず口を押さえると、それにライアンも気付いたらしい。短く舌打ちするのが聞こえてきた。

「・・・またか」

「え……」

「いいか、エアリエル。きみはこの場を動くなよ！」

そう言って、ライアンはぱっと踏み込んで剣を振り上げた。まさか、切るつもり……!?　でも彼は、なにかおかしい。

待って、ライアン……！

そう言いかけたときだった。ライアンは振り上げた剣先を、あっさりとずらした。そして、なにもない場所を切ったのだ。空気を切る音だけが響く。するとその男は、まるで糸が切れたようにその場に倒れ込んだ。

「……!?」

「さっきので諦めてくれればよかったんだが、そうもいかないとはな！　本当に自爆覚悟で来てるのか！」

そう言うライアンに、またしても曲がり角から別の男が現れて切りかかる。得物は短剣らしい。接近戦において、短剣と長剣では圧倒的に長剣が不利だ。それにハラハラしていると、ライアンは多少苦戦しながらも短剣を弾き飛ばした。そしてすぐにまた、その男の背後に切りかかる。またしても、その剣は宙を切った。そして、切られた直後に、男が倒れ込んだ。さすがにその一連の流れを見ていれば私だって察するというものだ。

……あやつられている？

彼らはみな、なにかにあやつられている。そして、それは背中のなにかを切れば、止められるらしい。なにを切っているのかも、そしてなぜ彼らが襲ってくるのかもわからない。曲がり角からは次々と人が現れては襲いかかってくる。ライアンは苦戦しているようだった。

そして、今度は女だった。歳と服装から、街の娘のようだ。彼女はナイフを手にしていたが、走って襲いかかってくる気配はなかった。その代わり、ライアンに向かってゆっくりと歩いてくる。ライアンはそれを見て、短く舌打ちした。

「全く、キリがないな……」

ライアンとの距離がだんだん縮まり、ライアンが剣を構えたそのとき――だった。ふいに、娘が自分の首にナイフをあてがった。

「……!!」

ライアンの動きが止まる。娘もそのまま動きを止めた。娘の生死はわからない。もしかしたらこのあいだの使用人のように、死んでいるかもしれない。そうだとしたら、その意図は？

お互いに動かない状況が続き、私が息を呑んだとき。場に似合わない、丁寧な言葉が響いた。

「あら……やはり、これが正解でしたのね」

その声と共に現れたのは、茶髪に白い仮面の女だった。リマンダの街で、私たちを襲った女だ。どきり、と心臓が跳ねる。私は彼女が怖かった。恐れを抱いている。なぜか、彼女は私を目の敵《かたき》にしていたからだ。彼女は、私の知り合い……？

彼女はその右手に木と糸で吊った人形を持っていた。なんの変哲もない、ただの人形だ。だけどなぜ、彼女はそんなものを持っているの？　この場において、その人形は不釣り合いだ。それがまた、一層不気味だった。

茶髪の女は、ゆっくりと歩いてくると、娘の少し後ろで止まった。そして、妙に遅い動きで自分の白い仮面を取った。現れたのは、やはり覚えのない顔。

彼女はまっすぐに私を見ていた。

「自分から袋のネズミになりに行くなんて……思った以上に頭のできがよくないのですね、アリエアお嬢様？　そんなご様子では、ご両親にまた怒られてしまいますよ」

「……？」

彼女は、私のことを知っているようだった。前の私の知り合い……？　だけど私はアリエアなんて名前ではない。

私が黙っていると、女は不思議そうな顔をした。

「あら？　驚かないんですのね。まさか、本当に気付いてらした？」

「な、にを……」

私は掠れた声で呟《つぶや》く。彼女がなにを言っているのわからないからだ。私は戸惑いながら彼女を見るが、彼女は変わらずまっすぐに私を見つめている。このまま睨み合いが続くのかと思った、そのとき――。

「気がそぞろだな、お嬢さん！」

ライアンがばっさりと剣を振った。その先は、娘の背後だ。ライアンは娘をあやつるなにかを切ったらしい。切られると娘はまたしても糸が切れたかのようにその場に崩れた。それを見て、茶髪の女が舌打ちする。

「さっき、きみは袋のネズミだと言ったな。だけど、勘違いしてる。俺たちはあえてこの場所に飛び込んだんだ」

「？　なにを」

ライアンは言うと、すぐに茶髪の女のふところに飛び込んだ。持っているのは短剣だ。どうやらローブの中に短剣を忍ばせていたらしい。

そしてそれで素早く女の人形の糸を切った。それだけで人形はバラバラに壊れる。返す刀で、女の首に短剣を突きつけようとするが、その前に女が動いた。肩にかけていた白いカバンを取り、その中から新たな人形――いや、ぬいぐるみを取り出したのだ。

それはうさぎのぬいぐるみだった。女が数歩後ずさり、ライアンに言う。

「人形がこれ一個なわけないでしょう!? おバカさん！ なんでわざわざ袋小路に飛び込んだのかは知らないけど、悪手《あくしゅ》だったわねぇ！ 男共々、死ぬといいわ、アリエア！」

アリエア、またその名を呼ぶ。

でも私はアリエアなどではない。私は、エアリエルだ。

固まっていると、曲がり角からぬっと人がまた現れた。一人ではない。数人の、いや、まだ増える。ゾロゾロとたくさんの人が曲がり角から現れた。

まさか、これ全部あやつられてる人……!?

相手は意志をあやつられている人間だ。魔法攻撃はできない。だが、魔法を唱えさせる時間も与えないとばかりにあやつられた人々は襲いかかってきた。ライアンは一人一人薙《な》ぎ払っているが、圧倒的に人数が多い。完全に押し負けている。多勢に無勢。しかもこちらは相手に怪我をさせられないときている。

茶髪の女はそれを見届けると、優雅に微笑んだ。そして、そのまま私に笑いかける。

「では、永遠にごきげんよう。アリエアお嬢様。あなたが死んだ頃にまたうかがいますわ。あなたの死に顔を見にねえ……!!」

「っ……」

彼女はそれだけ言うと、すぐさま踵を返した。

なんなの。誰なの。一体彼女は――私は誰なの……！

ライアンが追おうとするが、人が壁となって身動きが取れない。ライアンがここを選んだ理由が、ようやくわかった。

袋小路は、逆に言えば後ろから襲われる心配がないからだ。私のことを気にかけながら戦闘をするのはかなり苦しいだろう。だけど私の後ろが壁となれば、私のことを気にかける必要はない。だけどこれは、圧倒的に人が多すぎる！

ライアンも善戦しているが、曲がり角から現れる街人は際限がない。一体何人をあやつっているのか。これほどの規模の術ともなれば、使う魔力量も相当のものだろう。先ほどリマンダを出たときにライアンが言っていたように、自爆覚悟で襲ってきているということなのだろうか。

そんなことを考えていると、ふと鈍い音が響いた。

――ガインッ！

見れば、街人がポケットに隠し持っていたハサミが、ライアンの面にぶつかったらしい。鈍く重たい音がする。ライアンは僅かに揺れたが、すぐさま街人の首に手刀を叩き込んだ。あやつるなにかを切るより、そちらのほうが早いと判断したらしい。ライアンはハサミや斧、包丁などで襲ってくる街人の攻撃を避け、そのたびにその背後を切るか手刀で気絶させるかしている。

だけどこれじゃあ、いくらライアンだって体がもたない。今だってまだゾロゾロと曲がり角からあやつられた人々が現れてきている。

せめて私もなにか、足止めを……！　せめて魔法が使えれば……！　人に害を与えられないというのなら、睡眠系か視界を奪う魔法を……！

魔法は、覚えている。呪文だって、しっかりと唱えられるはずだ。だけど、でも……それを唱えれば私は死んでしまう。死にたくないから旅をしているのに、魔法を唱えて死んだら世話ない。

でも、ここでなにかしなければこのまま全滅だ。

私はぐ、と手を握り息を吐いた。

少し、少しだけ……。簡単な魔法なら、そんなに魔力は使わないはず……。

「全術迎式五《ぜんじゅつげいしき》の……」

震える声で魔力を練り始める。祈るような気持ちで呟《つぶや》いた。ぽわ、と手のひらに淡い光が集まりはじめる。そのときだった。

眩《まばゆ》い光が飛び散った。青白い閃光が曲がり角からほとばしり、人々の頭上をカクカクと曲がりながら通っていく。その瞬間的な光に思わず目をつぶる。

それは、一瞬のことだった。光が収まり、目を開けると、人々が倒れていく様子が目に入る。

今、なにが……！

そう思ってみると、ライアンもまた剣を振りかぶっていた。そして、今さっきまで街人がいた場所に、一人の青年が立っている。彼もまた、あやつられている人なのだろうか。そしてライアンと彼の鍔迫《つばぜ》り合いが始まった。お互いにどちらも引かない。低い剣戟音だけが路地裏に響く。

やがてライアンが呟《つぶや》いた。

「ご挨拶《あいさつ》だな。俺もまとめて切ろうってつもりか」

相手の青年は茶髪だった。瞳の色もまた茶色。平凡な組み合わせだが、その青年はとてつもなく顔が整っていた。くせっ毛の髪に、鎖骨まである長い襟足。白い肌に、高い鼻梁。なによりもすましたその顔は、圧倒的な余裕を感じさせた。

彼の甘い顔立ちは、おそらく数多《あまた》の女性を虜《とりこ》にすることだろう。

「……？」

なにか、心がざわついた。

ただ美青年に心が騒いでいるのではない。それだったらライアンにもきっとそうなっている。だけどなにか、落ち着かない。ザワザワする。それを不思議に思っていれば、キィン！　という甲高い音がした。

見れば、青年がライアンの剣を弾き返したようだった。ライアンは勢いよく後ろに下がり、青年を下から上まで見る。

「へぇ、強いな」

「……ライアン、あの」

なぜだかすごく青年が気になって、戦闘中にもかかわらずライアンを呼ぶ。

声をかければ、ライアンがちらりと私を見た。青年は動かない。青年はライアンを見ていたが、私がライアンに声をかけると私のほうに視線を寄越した。そして、じっと私を見る。そらすことのできない力強い視線に、思わず息を止める。そうさせるような視線の力強さだった。

ライアンが青年に声をかけた。

「きみ、強いな。きみみたいな男、覚えがないんだが……。この国の者じゃないだろう？」

「……そうだとして、なにか問題がある？」

彼は思ったよりも澄んだ声をしていた。外見によく合う声だと思った。それを聞いて、ライアンが呟《つぶや》く。

「いや、ないが……分が悪いな。……逃げるか」

「えっちょっ……！」

ライアンがそう言い、私の手を取った。ぶわりと魔力が広がる。どうやら魔法で強引に切り抜けるらしい。焦る私に、ライアンが言う。

「よく、逃げるが勝ちって言うだろう。正直きみを守ったままあいつと対峙するのは厳しい」

「で、でも……」

　どうして私はこんなにライアンに言い募っているのだろう。どうして、こんなに心が騒ぐのだろう。それが気になるが、しかし既に魔法は展開しはじめていた。ライアンが魔法を唱える。青年がぐっと踏み込んで向かってくるが、おそらく間に合わないだろう。

「光術迎式《こうじゅつげいしき》第一の唄《しょう》――眠《ヒュ》」

「アリエア！」

　青年が叫ぶ。

　その言葉に……いや、音になぜか覚えがあった。私は、この音を知っている。いや、この声を、知っている――？

　考えるより先に、体が動いた。考える余裕なんてなかった。私は本能的な焦りと衝動性をもって叫んだ。

「待って！　ライアン!!」

「っ……！」

　途中で中断された魔法はかき消え、青年が剣を薙ぎ払う。それに咄嗟にライアンが剣を合わせた。鋭い剣戟音がまたしても路地裏に響く。

「きみっ……」

　ライアンが私になにか言いたそうにする。それはそうだろう。逃げるのに絶好のタイミングだったのだ。それでも私は言わずにはいられなかった。なぜだろう。なぜなのか。それでも、心は落ち着かない。

「待って……待って、ライアン！　私、その人のこと……知ってる!!」

言うと、ライアンは弾かれたように後ろに下がった。青年は追ってこなかった。ライアンは
しばらく青年を見ていたが、やがて剣を腰に収める。

彼もまた、ライアンが剣を収めたのを見て剣を鞘に戻した。先ほどのような一触即発の雰囲
気はもうない。私はそれに少し安心して、青年を見た。

彼はライアンを見ていたが、やがて私のほうを見る。視線が絡み合った。なぜか、やはり。

どうしてだろう。どこかで見たことがあるような気がする。

「知ってるって本当か？」

ライアンが振り向きざまに私に聞いた。

知っている、と思う。でも、覚えていない。思い出すことはできない。記憶を探ろうとすれ
ばなにかに阻《はば》まれるように思い出せない。わからない、という答えが先に出てくる。

でも、でも。だけど。私は知っている。この人を、覚えている。それだけは強く思った。

私はライアンを見ると答えた。

「わからない……の。でも、知ってるような……そんな気が、して」

ライアンに言うと、ライアンはそれでもなにか言いたそうだったが、青年のほうを見た。

彼は私を見ていた。でも、なにを考えているかわからない。

ライアンが青年に問いかける。

「きみは？　きみは、彼女を知っているのか」

ライアンが声をかけると、ようやくそこで青年は動いた。ライアンの横を通り、私の前まで歩いてくる。ライアンが阻《はば》まなかったということは、危なくはないのだろう。実際、青年は腰の剣から手を離している。青年が私の前に立った。

「あ、の……」

「……よかった」

青年は、まるで心からそう思っているような声を出した。切実な響きのそれは、なぜかひどく胸を打つ。見ると、青年はどこか泣きそうな……いや、泣くのを堪えているような、そんな顔をしていた。

その顔を見て、私はなにかを思い出しそうになる。でも、思い出せない。胸が逸《はや》る。わかるのに、わからない。それがひどくもどかしい。

青年は私の手をそっと取った。それにライアンが「ちょ、おい」と声をかける。だけど青年は取り合わず、私に言う。

「怪我はない？」

「えっ……と、」

「会いたかった。アリエア」

忘れてしまったこと

それはまるで、愛する人に向けているような声だった。優しくて、心から愛されているのだとわかるような。そんな声を、仕草を、表情を向けられて。私は大いに戸惑った。私はこの人を知っているような気がするけれど、覚えていない。

戸惑った私に、ライアンが助け舟を出す。

「悪いが、彼女はなにも覚えていない」

「！」

青年が息を呑む。

そして、ぐ、と強く手を握られた。その手は強くて、痛くて、そして、少しだけ震えているように思えた。

「あの、手が……」

「っ……すまない。だけど、なにも覚えていないとは……どういうことだ？」

青年はぱっと私の手を離すと、ライアンに聞いた。

私はそっと青年の顔を見た。近くで見ても、彼はやはり整った顔をしていた。甘い顔立ちに、長いまつ毛、薄い唇。儚《はかな》さすら感じる淑《しと》やかな美に、私は思わず口元に手を置いた。こんな綺麗な人、見たら忘れないと思うんだけど。どうして私は覚えている気がしたのか。

そう考えていると、ライアンが青年に答えた。

「事故だよ」

「事故？」

声を出したのは私だった。

そういえば結局私の記憶が失われた理由を聞いていない。私が聞き返すと、青年が私を見た。

「アリエアは知らないようだけど」

「聞いてこなかったからな」

「聞くタイミングがなかったのよ」

私が言うと、ライアンはおもむろに頭をかいた。そして、ちらりと意味ありげに背後を振り返る。後ろにはもう誰もいない。さっきまでたくさんの街人が詰め寄せて来ていた曲がり角は、今は無人だった。ただ、地面に何人かの人が倒れているだけ。

「とにかく、ここから移動したほうがいい。またいつあの女が戻ってくるかわからないからな」

「彼女なら既に人をやっている。捕らえられるかは知らないが、今頃対峙はしていると思うよ」

ライアンの言葉に答えたのは青年だ。

ライアンはそんな彼を見て、訝《いぶか》しそうに言った。

「……きみが？」

「疑うのは勝手だけど、とにかくこの場は離れたほうがいいだろうね。それは僕も賛成だ。ここにいるとアリエアが危ない」

その言葉を聞いて、私はずっと聞きたかったことを思い出した。私は意を決して、手をぐっと握ってから彼に聞く。

「あの……アリエアって、誰ですか？　私は……エアリエルです」

「……エアリエル？」

青年がようやく私を見る。少しだけその瞳を大きくして、そしてまたライアンを見た。

ライアンは私たちのやり取りを聞いていたが、まとめるように言った。

「それも含めて、後で確認しよう。まずはこの場を離れるのが先だ」

「そうだね。……きみは、歩けそう？　手を貸さなくても平気かな」

「……はい」

私が頷くと、青年はそっか、とだけ答えた。表情がわかりにくい人だな、と思う。でもさっきのは……、泣きそうな顔をしていた。まるで……そう、見ている人の心をも締めつけるような、そんな苦しそうな顔。

彼は一体、誰なのだろうか。そして、私のことを知っている……？

それから曲がり角を曲がって、大通りまで戻った。先頭をライアンが歩き、私、そして青年が続く。大通りに出ると、ライアンが言った。

「とりあえず今日の宿から決めよう。込み入った話になりそうだし、きみもそれでいいか？」

「ああ。そっちのほうが助かるな」

青年が答え、ついでライアンは私を見た。もちろん私に異論などない。私も頷いて応えた。

そして、私たちはそこから少し行った先にあった、手堅そうな宿に入った。

なんだか不思議な気持ちだった。ライアンとは、知り合ったばかり。そして、この青年とは、さっき会ったばかりだ。いや、会ったばかり、ではないのかもしれない。この青年のことを、なぜか私は知っているような気がしてならない。

二階の奥の部屋が取れ、私たちは階段を上って部屋に入った。青年は、その間もどこか難しい顔をしている。声をかけるのははばかられるし、少し気まずい。

相手は私のことを知っているのだろうけれど、私は彼のことを知らない。彼が誰かも知らない。知らない相手と話すのは、いつだって緊張する。ライアンとも普通に話せるようになったばかりだというのに。

部屋に入ると、まずライアンがベッドに座った。私は窓の近くにある木の椅子を引いた。窓からは大通りが見える。そして、その奥には雪に覆われた山が見えた。

青年もまた、テーブルを挟んだ向かいの椅子に腰をかけた。

口火を切ったのは、青年だった。

「きみは、アリエアだね？」

「え……」

突然話しかけられた私は困惑して青年を見た。青年は、まっすぐ私を見ている。

「きみのその、珍しい銀髪。それはディアルセイでも珍しいものだね。そして、声だ。僕が、きみの声を間違えるはずがない」

「……」

黙った私に、ライアンが言葉をかける。

「その前に、まず自己紹介だろう。そもそもきみ、誰だ？」

それは私も気になっていた。

聞くと、青年は僅かに目を閉じた。やはり、仕草一つとっても優雅さを感じる。品があるというか、落ち着いているというか。彼のこの感じは、どこか覚えがあった。

彼は目を開けると、私をまっすぐに見て言った。

「……フェリアル。僕の名前は、フェリアルだよ。きみの、婚約者だった」

「婚約者⁉」

私が言うと、青年――フェリアルは小さく笑った。その笑い方も、どこか懐かしさを感じる。

でも、わからない。思い出せない。

「本当に、覚えていないんだね」

「……」

その言葉に、どうしてか罪悪感を覚える。だけどフェリアルはそれには構わずに、私に問いかけた。

「次はきみの番だ。きみの、今の名前を教えてほしい」

「私は……」

言おうとしたとき、ふとライアンが呟《つぶや》いた。

「フェリアル……?」

その声に思わずライアンのほうを見る。

ライアンは室内だというのに、熊の仮面を取っていなかった。どうして、ライアンは面を取らないのかしら。そう思った私は声をかけようとしたが、その前にライアンと目が合った。

……気がした。お面をしているから、正確にはわからない。

「ああいや、すまない。続けていいよ」

しかしライアンは話の腰を折ったと思ったのか、手を振って答える。どうしてお面を取らないのか、聞きたいけれどそれは後でもいいだろう。

だけど、ライアンのお面……。先ほどの戦闘で傷つけられたからだろうか。額に傷跡があり、それがまた熊の面をさらに異様に見せている。

私はそっとライアンから視線をそらして、フェリアルに言った。

「私は……私は、エアリエルです。記憶がないので、詳しいことは……ごめんなさい。覚えていません」

「記憶が……。さっきもそう言っていたね。どうしてきみは、記憶がないんだ？　それは、覚えている？」

フェリアルに問いかけられて、思わず私はライアンを見た。ライアンはなにか考え事をしているようだったが、私の視線に気付いて、またしても先ほどと同じ答えを持ち出した。

「言っただろう、事故だ」

「事故？」

私が聞くと、ライアンはあっさりと説明した。

「階段から落ちたんだ。それできみ、頭を打ったんだよ。そのときだろうな。記憶を失ったのは」

「な……」

なんておざなりな説明の仕方なの。しかもすごく嘘っぽい。でもこれが本当であるなら、私はものすごく抜けているわ……。思わず言葉を呑んだ私の代わりに、フェリアルが聞いた。

「本当に？」

「……ああ。嘘じゃないさ。だから俺、言っただろう。きみが目を覚ましたときに」

「え……？」

「目が覚めてよかった、って。階段から落ちて気絶したんだ。目が覚めなかったら焦るだろう？」

そう言われて、記憶を探る。

あのときはいっぱいいっぱいだったから、あまり覚えていないけれど……。でも確かに、ライアンはそんなことを言っていたような気がする。

『まあ、とにかく目が覚めてよかった。体のほうは大丈夫か？』

そうだ、確かライアンは起きてすぐにそんなことを言っていた気がする。じゃあ、今の話は本当……？　本当か嘘か真偽の判断がつかない。だけど他に情報がない今、私はそれを信じるしかないだろう。

「それで、俺からも質問なんだが」

「僕に？　なにかな」

「きみ、どうして彼女が〝アリエア〟だと思う？　よく似た別人じゃないのか」

それは、私も思っていた。

フェリアルは、私のことなら間違えない、とそう言っていたけれど。でも、それはあくまで主観だ。確固とした証拠……事実が欲しい。そう思って見ていると、ふいにフェリアルがこちらを見る。そして、おむもろに自分の胸を指さした。

「そうだな……。アリエア、きみは指輪を持っているよね」

「！」

その言葉にどきりとする。フェリアルが指さした場所——つまり、胸元。確かにそこにはネックレスチェーンにかけられた指輪がある。そっと胸元の指輪に触れると、続けてフェリアルは言った。

「きみが持ってるのはvier《フィーア》の指輪。そうだね？」

「どうして、それを……」

「その指輪と僕は、少し関わりがあるからね」

フェリアルの言葉を聞きながら、私はゆっくりとネックレスチェーンを取り出した。確かに彼が言うとおり、私が持っているのはvier《フィーア》の指輪。

それを見て、ライアンが言う。

「ということは、きみは本物ってわけか」

「そうだね。これで信じてもらえたかな」

その言葉に、私は小さく頷く。これは認めないわけにはいかない。私は、この人の婚約者だったのね……。

指輪をそっと触る。これは、覚えているのだろうか。記憶をなくす前も持っていた指輪。これは、以前の私を、そしてこの人を覚えているのだろうか。そんなことを思いつつ、指輪の表面を撫でた。

「婚約者、なんですね……」

「そうだよ。少なくとも、きみが生まれてから十六年。僕たちは婚約者だった。来年の春に婚姻を結ぶ予定だったんだよ」

そんな……。そこまで予定が決まっていて、結婚も間近で。なのに、そんなときに私は記憶を失ったというのか。しかも訳ありの身で、人売りの街の近くにいたなんて。以前の私には、なにがあったのだろう。

私は顔を上げた。もしかしたらこの人ならなにか知っているかもしれない。

「……っ、」

とはいえ、どこから聞けばいいのかわからない。どうして私がリマンダにいたのか。それは彼に聞いてもわからないだろう。彼もまた、私を捜していたのだろうから。だとしたら、次に聞くのは私は誰なのか、だ。そうだ。まずはそれを聞こう。

口を開いたまま言葉が出ない私を見て、フェリアルが少し笑った。まるで落ち着かせるような、安堵させるような微笑み方だ。

「落ち着いて。ゆっくりでいいから。それと……忘れていたね。僕は、本当はこういう姿だ」

「え……？」

言うと、フェリアルは小さく呟《つぶや》いた。

「無術音式《むじゅつおんしき》――解《クレイス》」

すると、ぽわりとあたりが青色に光る。これは、全術魔法ではない。オリジナル魔法……？

室内が淡い青色に光る。魔力が浮かび上がり、フェリアルの髪もまたふわりと揺れる。

しばらくすると、青白い光は収まった。そして、そこにいたのは先ほどとは髪色が違う……

いや、髪色だけでない。目の色もまた違う、フェリアルがいた。

「髪が……」

「うん。この髪色だと、少し目立つからね。変装して歩いていたんだ」

魔法を解いた彼は、白金色の強い金髪に、森のような、翡翠色の瞳をしていた。どこか気品を感じさせるその容姿は、まるで王族のようだった。

それを見て、ライアンが小さく言う。

「ああ、やっぱりか。きみの名前を聞いてそうかと思っていたが……フェリアル・リームア、いや、フェリアル王太子殿下と言ったほうがいいかな」

「おうっ……」

王太子殿下⁉

どうしてそんな人がここに。しかも、リームアといえば世界の二大大国の一つだ。そんな人がなぜ、どうして。混乱しながら考えて、ふと、点と点がつながった。

待って……さっき、フェリアルは私のことを婚約者だと言った。それってつまり……私は王太子の婚約者だった？　そういうこと……？

いろんな意味で背筋が寒くなってきた。全く想像がつかない。私がそんな、王太子の。王位継承順位第一位の人の婚約者だったなんて。混乱が混乱を呼び、私は思考が追いつかなくなった。

「なっ、ど……」

「落ち着け、アリィ。驚くのもわかるが」

ライアンが声をかける。私はなにをどう言っていいかわからず、ただ忙《せわ》しなく手を開いたり閉じたりを繰り返す。意味のない動作を繰り返しながら王太子の彼を見た。

彼は正体に気付かれた後も特に変わりはなく、私を落ち着いた目で見ていた。

私が、王太子の婚約者……。

とても信じられることではなかった。

フェリアルはやがて、ちらりとライアンを見た。そして、告げる。

「そう言えば、聞いていなかったな。僕に自己紹介を促しておいて、きみはなしか？」

「おっと、そう噛みつかないでくれ。俺はライアン。彼女と共に旅をしている、ただの旅人だ」

「ライアン……か」

フェリアルは小さく呟《つぶや》くと、席を立った。そして、ライアンの前まで行き、言葉を重ねる。

「部屋の中だが、仮面《それ》は外さないのか。なにか、外せない事情でも？」

「……まあな。人には秘密の一つや二つ、あってもおかしくないだろう？」

どこか冷たい空気が部屋に走る。私は戸惑いながら二人を見た。フェリアルはライアンのその言葉に、冷たく返した。

「あいにくだが、僕は素性の知らない人間を信頼することはできない。なぜきみがアリエアと共にいるのかは知らないが、顔も見せられない人間に、アリエアを任すことはできない」

「手厳しいなぁ。そんなに彼女が大切か」

苦笑混じりにライアンが答える。

問われたフェリアルは、僅かに動きを止める。私もまた、小さく息を呑んだ。

なぜ彼は面を取らないのだろう。私といたときはあっさりそれを外していた気がする。なのに、今は外せない？　私には見せられて、フェリアルには見せられない訳って？

考えていると、フェリアルが低い声で告げた。

「もちろん、当たり前だろう？」

「はは。きみのそういうところ嫌いじゃない。だけど、悪いな。この仮面は外せないし、アリィとの旅をやめることもできない」

言うと、フェリアルもなにか勘づいたのだろう。

「……なるほど」

彼は短く言うと、踵を返した。

……随分とあっさり退くのね。

もっと揉めると思った。だけどそうはならずにあっさりと退いたフェリアルに少し驚く。

フェリアルは席に戻ると、今度は私のほうを見た。その翡翠色の瞳が私を捉える。

「……アリエア。きみは、どこまで覚えている？」

突然聞かれた私は、困惑しながらも答えた。

「えっ……と、基礎知識と、日常生活を送るのに支障のない常識程度なら……」

「つまり、きみ自身についての記憶は一切ないんだね？」

「……はい」

なんだかそれが申し訳なくなって、私は視線をそらした。

フェリアルは少しだけ笑った。その瞳は優しいのに、その笑みは少しだけ寂しそうだった。

胸が僅かに痛む。忘れられるって、どんな気持ちなのだろう。私は忘れたほうだが、忘れられたほうもきっと辛《つら》い。

「気にしないで。それで……えーと。どこから聞こうかな。まず、アリエアはどうして彼と一緒にいるのかな」

「彼が偶然、助けてくれたんです」

「助けた？」

「私は覚えてないんですけど……男に絡まれていたらしくて」

その言葉を聞いて、僅かにフェリアルは動きを止めた。私は慌てて言葉を重ねる。

「あ、でも本当に声をかけられていただけと……」

「……そうか。アリエアを助けてくれて、感謝する」

フェリアルに声をかけられたライアンは、

「いいや。気にしなくていい」

とだけ答えた。

そして、そこから私はフェリアルに指輪の話をした。訳あって、指輪を探していること。私が魔力欠乏症だということ。今伝えられている指輪の伝承は真実ではないということと、神落ちという存在の復活のことも合わせて伝える。一通り私とライアンの出会いからここまでのことを話すと、フェリアルは顎に手を置いた。

「なるほど……〝神落ち〟か……」

「知ってるのですか？」

「いや、聞いたことがないな。少なくとも、リームアにそんな話はない」

「俺もようやく見つけた話だからな。そうホイホイ転がってる話でもないだろう」

……気のせいかしら。ライアンは、どことなくフェリアルに当たりが強い気がする。それはフェリアルも同様だと思うんだけど、なんていうのかしら。なんというか、こう……。違和感の正体を探っているうちにフェリアルが言う。

「それで、さっきの話につながるわけだな。アリエアはそれを倒さないと、死んでしまう」

完全にライアンの言葉を無視している発言だ。この二人、仲が悪い？

「ライアンは……きみは、なぜ指輪を集めている？」

ふと、フェリアルに水を向けられたライアンは、ベッドに座ったまま答えた。

「言っただろう。俺もまた魔力欠乏症だ。それに加えて、この指輪の因縁《いんねん》も断ち切らなきゃいけないしな」

「ああ……。この指輪が消えない限り、延々と続いてくからな。……なるほど。そうか、きみ」

そこまで言ったとき、扉が叩かれた。

誰だろうと思って扉を見れば、フェリアルがおもむろにそちらに声をかけた。

「いいよ」

フェリアルが入室の許可を出す。どうやら彼の知り合いらしかった。

そしてガチャリ、と扉が開かれ、赤髪の青年が姿を現した。その髪色に、どこか見覚えがあるような気がして……そこで思い出す。そうだ、お昼の定食屋。そこで見たんだわ。そして彼には連れがいたはず。もう一人、茶髪の男性が――。

ここでようやく私は合点《がてん》がいった。あの男性二人組はフェリアルと彼だったのか。

赤髪の青年は、可愛らしい顔をしていた。私とそう年齢は変わらないだろうが、どこかあどけないというか。彼は部屋の中をぐるりと見回していたが、ふいに私と視線が合った。彼はちらりと私を見ただけで、すぐに視線をそらす。

ついで、彼はフェリアルを見て頭を下げた。

「どうだった？」

「申し訳ありません。逃げられました」

「そうか……」

フェリアルが短く答え、小さく息を吐く。それに声をかけたのはライアンだった。

「さっきの女か」

「……そう。あの女は、アリエアの侍女でね。アリエアは会った？」

その言葉に、息を呑む。

アリエア――つまり、私のことだ。会ったというより、彼女は私を狙って仕掛けてきていた。

彼女は私の、侍女だったのか。過去、私についていてくれた侍女。そんな人が、どうして私を……。どうして私を狙って、そしてあんなに強い憎悪をぶつけてきたのだろう。

経緯は知らないが、私の侍女だったということは、過去に私の面倒を見てくれたこともあるのだろう。共に行動し、食事の用意をし、寝所を整え、紅茶を運んできてくれたこともあるだろう。そんな彼女が、私の命を狙っていた？

なんとも現実味がなくて、現実だとしたら恐ろしい事実。

思わず私は両手を握った。知らずして揺れた胸元のネックレスがチャリ、と音を鳴らす。

会ったことは、ある。私はフェリアルの言葉に頷いた。彼女のほうから会いに来たのだ。

ライアンがおもむろに呟《つぶや》いた。

「なるほどな。アリィの侍女だったか。それにしてはすごい殺気だったな。……アリィと彼女は仲が悪かったのか？」

「……いや、仲は良かったよ。付き合いも十年以上になるはずだ」

「では、なぜ……」

思わず口を挟んでしまう。仲がよかったというのに、どうして、私は殺されかけたのだろう。実は仲良く見えただけで、その実、仲が悪かった……？

私がフェリアルを見ると、彼もまた難しい顔をした。

「……彼女はきみではない者を王太子妃にしたかった、そのためにはきみが邪魔だったんじゃないかな」

「私以外の？」

思わず聞くと、フェリアルはそれに合わせて頷いた。ライアンも私たちの話を聞いているようだ。お面をしているとはいえ、その視線の方向はこちらに向いているのがわかった。

「ミリア・ヴィアッセーヌ伯爵令嬢。彼女が本当に仕えているのはその家だ。いや、もっといえば家ではなく彼女個人に仕えているんだろうけどね」

「ミリア・ヴィアッセーヌ……」

言葉を繰り返すとライアンが私に聞いてきた。

「覚えがあるのか？」

その言葉に私は首を横に振って答える。覚えはなかった。聞き覚えもないし、記憶にもない。私の侍女だという彼女は、ミリアという令嬢を王太子妃にしようとしていたのか。

フェリアルはじっと私のことを見ていた。その翡翠色の瞳を見つめながら私はさらに質問を重ねる。

「なぜ、彼女はミリア・ヴィアッセーヌを王太子妃に……？」

「これは、推測の域を出ないけれど……。彼女、クリスティ・ロードはきみの家に仕える前はヴィアッセーヌ伯爵家で働いていたんだ。それを引き抜く形で前公爵が雇った」

前公爵？　私の家？　私は、公爵家の娘だった……ということ？

「……だけど、それすらも仕組まれたものだと僕は考えている」

「仕組まれた……？」

「クリスティは、ヴィアッセーヌ家から寄越されたスパイだ。最初から、きみの失脚、あるいは殺害を目論《もくろ》んでいたのだと思う」

「……！」

どこか言いにくそうにしながらも告げるフェリアルに、思わず息を呑んだ。

長年、十年以上共にいた侍女が、実は私の失脚や、殺害を目論んでいたなんて。それが本当であるのなら、これ以上ないほどに恐ろしい話だ。

十年。十年は長い。そんなに長くいれば、それはもはや家族と同じくらい信頼していたとしてもおかしくない。そんな彼女が、最初から裏切っていただなんて。それを、以前の私は知っていたのだろうか。知っていたとしたら、それは、どんな気持ちだったのだろう……？

私が黙っていると、ライアンが呟いた。

「どこの国も、王族が絡むと陰謀だのなんだのと、物騒な話になるよな」

その言葉に思い出したかのようにフェリアルが続けた。

「……ああ。ディアルセイも今、揉めてる最中だったたな」

「……？」

私は思わずフェリアルを見た。ライアンはそんなフェリアルの言葉に頷きながら言葉を重ねる。

「いつになっても権力というのは人を狂わせる」

ライアンの言葉からして、おそらくディアルセイもまたリームアのように内政が安定していないということなのだろう。

いや、リームアは内政が安定していないのではなく、王族絡みの陰謀が渦巻いていたというだけの話だ。そして、それはディアルセイも同じなのだろう。どこの国でも、王位継承権が絡むと一筋縄ではいかない、そういうことなのだろう。

私の侍女の名前はクリスティ・ロードと言うらしい。彼女は私といた十年なにを考えていたのだろう。なにを思っていたのだろう。

ふと、ひとつ疑問が芽生えた。私はぽつりと告げた。

「彼女が……クリスティ・ロードが私を裏切っているということは、理解しました。そのこと、私がリマンダにいたこと、これらは関係していますか？」

聞くと、フェリアルは息を呑んだ。それを見て、察する。関係しているのだろう。彼女がなにか関係していて、私はリマンダにいた。視線をそらさずにフェリアルを見ていると、彼は眉を寄せながら答えてくれた。

「……そうだね。今回のことの主犯格と言ってもいい。……すまない、僕がもっと早くに気がつくべきだった」

フェリアルのその言葉を聞いて、私は顔を横に振った。

フェリアルのせいではない。そう思う。私には記憶がないから、悔しいことにそう断言するすべはない。だけど、彼が気がつかなかったからいけないなんて。この結果を生み出してしまったなんて。そういうことはないだろう。彼一人に責任を負わせる気はない。

私は慌てて続けた。

「そんな……！　フェリアルのっ……殿下のせいではありません」

言いながら、はっと気付く。

そうだ、この人は王太子だ。

迂闊に名前を呼んではいけないし、敬称をつけないなんてあり得ない。慌ててすぐに訂正をする。しかし、彼は柔らかく笑みを浮かべただけだった。

「ありがとう。……フェリアルでいいよ。僕は……きみにそう呼ばれてみたかったんだ」

「……ですが、」

「本人がいいって言ってるならいいんじゃないか？　きみは婚約者だったんだろう」

ライアンが割って入る。しかしライアンの言葉を聞いてもなお、私は悩んだ。

私はフェリアルの――彼の婚約者だったのだろう。指輪のことを知っていた以上、信憑性も高いし、否定するつもりもない。

だけど、それは記憶をなくす前の私だ。今の私ではない。記憶のない私が、なにも知らない私が、彼の婚約者ぶってもいいのか。それも、王太子の婚約者なんて。

私は、誰だったのだろう。アリエア、とは誰のことで、今までどう育ってきたのだろう。それを聞きたくて、私は顔を上げた。フェリアルと視線が重なる。

彼には王族らしい気品を感じる。雰囲気といい、仕草といい。まさに王族のそれだ。彼の目立つ容姿といい、確かにこれで街の中を歩くのは無理がある。変装をしていたと知って納得だ。

私はフェリアルの落ち着いた瞳を見ながら呟《つぶや》いた。

「……フェリアル」

小さく呼ぶと、フェリアルは少しだけ安心したように息を吐いて笑った。そんな私たちのやり取りを見守っていたライアンは、おもむろにフェリアルに切り出した。

「それで、フェリアル王太子殿下。きみはこれからどうするんだ？　アリィの無事は確認できたわけだが、このまま国に戻るのか？」

その言葉に、フェリアルがライアンのほうを向く。そしてちらりと赤髪の青年に視線を向けると、言葉を返した。

「まさか。やっと彼女を見つけたのに戻ると思うか？　きみと――きみたちの指輪探しに、僕も付き合おう」

「え……」

驚いたのは私だった。ライアンはフェリアルがそう答えるとわかっていたのか、そう驚いた様子はない。ただ、ライアンは足を組み替えながらフェリアルに聞き返す。

「それは、俺たちには願ったり叶ったりの話だが……国は大丈夫なのか？　きみは王太子なんだろう」

「……優秀な部下がいるからね。少しの間であれば問題はない」

「そうか。なら、俺たちにしても断る理由はない。きみもそうだな、アリィ？」

ライアンに聞かれた私は、はっとして頷いた。とはいえ、突然私の婚約者だの、国だのと言われて頭が追いつかない。私はフェリアルに聞いた。

「あの……私は、あなたの婚約者、だったのですよね……？」

聞くと、フェリアルは頷いて答えた。ふわり、とその表情が柔らかくなるのを見て、思わず視線をそらす。彼の――フェリアルの、私を見る目は、とても優しい。でもそれをまっすぐに見るのは、はばかられた。

おそらくそれは、私に向けられたものじゃないから。その優しい目は、仕草は、表情は。私に向けられるものではない。私であって、私ではない。

彼のその想いは、以前の私に向けられているものだから――。


それから私たちはとりあえず夕食を食べようということになって、そのまま部屋を出た。赤髪の青年は名をユノアというらしい。

宿を出ながら軽く紹介をされたものの、彼の性格はいまだに摑めない。女性的な雰囲気を持った彼を、どこかで見たような気はするのだけれど。

夕食を食べるにあたり私の髪色を変えることになった。リームアには姿を変える独自の魔法があるらしい。フェリアルにその魔法をかけてもらって、今の私は茶髪に茶色の目だ。フェリアルも私と同じ色にしている。ライアンは変わらずお面とローブの姿で、ユノアは赤髪のままだ。

ユノアはそのままでいいのかしら。そう思っているのが顔に出ていたのだろうか、フェリアルが振り返って言う。

「ユノアはそのままでいいんだ」

「そうですか……」

「そのほうがわかりやすいだろうからね」

「……？」

フェリアルという人は言葉が足りないと思う。補足が欲しいとばかりにそちらを見るが、フェリアルはそれ以上のことを言わない。王太子って……いや、王族ってみんなこんな感じなのかしら。それともフェリアルがこうなのか。

夕食は海鮮をふんだんに使ったご当地料理だった。

このあたりは港が近いということで魚料理が有名らしい。魚と野菜を煮込んで旨味が溶け出た美味しいスープ。それを口にして、私はやっと一息つくことができた。

今日はなんだか、いろんなことがありすぎた。そして私はいまだに、フェリアルに私と彼のことを聞けていない。ライアンがいて、ユノアがいる、その場ではどうしてか聞けなかった。

ただ、なんとなく。二人だけのときに聞きたいような。そんな気がした。

私とフェリアルがどういう関係だったのか、そして、私はなぜリマンダにいたのか。

私はスプーンでスープを掬いながらフェリアルを見た。フェリアルは上品な仕草でスープを飲んでいた。その、なんてことのない仕草から気品と育ちのよさを感じ、やはり彼は王太子なのだと、それを思い知らされる。

私が王太子の婚約者。

それはなんとも実感のない響きだった。

「美味しかった！」

お店を出ると同時にそんな感想を漏らしていると、フェリアルとユノアもそれに続く。

「リームアにはあまりない料理だな。薄味で僕好みだ」

「薄味すぎて俺はあまり好きじゃないですね……」

ユノアがぼそりと呟《つぶや》く。それに構わず、フェリアルは一歩前を歩くライアンに追いついた。

そしてなにごとかをライアンと話し出す。どうやらライアンに用があったようだ。残された私はユノアと二人で歩くが、ふとユノアが私を見ていることに気がつく。

「……あの、」

「いやぁ、本当に生きてたんですね」

「え、っと」

開口一番に言われ、思わず狼狽《うろた》える。

本当に生きてた……それは、紛れもなく安否が不明になった人間に使う言葉だ。思わず言葉を失った私に、ユノアがにっこりと笑った。

「心配してたんですよ、アリエア様」

「……あの、そのアリエア〝様〟って呼ぶの、やめて欲しいの。実感が湧かなくて……」

言うと、ユノアは意外そうな顔をした。そしてまじまじと私を見る。

な、なにかしら……？

ユノアは距離が近いと思う。背はフェリアルとライアン、その二人とそう変わらないのに距離だけが近い。私は思わず体を引きながらユノアを見た。

「あの……？」

「いや、変わらないなと思って。本当にアリエア様なのか疑ってましたけど、ちゃんとアリエア様なんですね。そういうところあんまり変わってません」

「……？」

どういうこと……？

というより、アリエア様って呼ばれたくないと告げたばかりなのだけれど。そう思っていると、ユノアはまたにっと笑って言葉を続けた。

「ああ、様は嫌なんですっけ。でも困ったな。でん……フェルーの婚約者となれば俺が敬称をつけないわけにはいかないし」

「フェルー？」

「殿下の仮名ですよ。さすがに大々的に御名を呼ぶわけにはいきませんし」

聞き覚えのない名前に首を傾げると、ユノアは人差し指を立てて言った。ちなみにライアンとフェリアルはまだ話しているようだ。

「仮名……」

「そうなると、アリエア様の今の仮名を考える必要がありますね……。あっ、っていうよりアリエア様、今他に名前がありますか？」

なんていう聞き方。なんというか、滅多に使われない語の並びに思わず笑ってしまう。

私はユノアに答えた。

「今は……エアリエル、と」

「エアリエル……。へぇ、じゃあエアリエル様……と、様は嫌なんでしたっけ？」

「うん。私は……覚えてないから」

言うと彼はどこか納得したように頷いた。そして私に笑いかける。

ユノアは人懐っこい性格をしていると思う。ぴょんぴょんはねた赤い髪に、瞳は黒。黒目も珍しいが、赤髪も珍しい。そしてその組み合わせというのもまた珍しかった。

「じゃあエアリエル。改めてよろしくお願いしますね。俺のことは小間使いとでも思ってくださればいいので」

「それはさすがに……」

そこまで言って気付く。そういえばフェリアルは私たちの指輪探しの旅に付き合うと言った。ということはその従者であるユノアもまた、私たちについてくるということだろうか。そう思っていると、ふいにライアンとフェリアルが振り向いた。

「すまない、アリィ。俺たちは少し出てくる。きみは、あー……ユノン？　と言ったか。そいつと宿に戻っていてくれ」

「ユノアなんですけど……」

「僕も少し出てくる。ユノア、アリエアについていて」

「かしこまりました」

ユノアは二人に返事をする。ライアンは名前を間違えていたが、ユノアが言葉を返すと「あそうだった」と小さく呟《つぶや》いた。本当に覚えていたのかはよくわからない。

ただ、ライアンがまた一言つけ加える。

「安心してくれ、そいつはそこらの護衛とは訳が違う。どこで拾い上げたかは知らんが、かなり腕が立つ。気にせず宿に戻ってくれ」

その言葉にちらりとフェリアルがライアンを見た。ユノアはなにか言いたげな顔をしている。

「……それじゃあ、僕たちは少し行ってくる。アリエア、また後で」

「あ……は、はい」

フェリアルが私の横を通りながら私にそう言った。ライアンもそれに続くが、ライアンは仮面を被っているせいで表情がわからない。二人が道を抜けていくと、ユノアがどこか不貞腐《ふてくさ》れたように言った。

「買い被られてますね、俺」

「あなたが本当に強いからじゃない？」

「そうかなぁ。まあ、考えるより動くほうが好きなのは事実ですけどね」

それは脳筋……というのでは。

私はちらりとユノアを見た。ライアンのお墨付きとはいえ、とてもじゃないがユノアは強そうには見えない。身長こそあるものの、筋肉はあまりないし、どちらかというと体つきも薄い。

それでもライアンが強いと言うのならそれは本当なのだろう。肉体戦より魔術戦のほうが得意なのかしら。

そう思っていると、ユノアが声を出した。

「あ」

「え？」

「あの串焼き屋さん、美味そうじゃないですか？　行ってみましょうよ」

「え……！　ちょっ、待って、ユノア！」

私はぐっと手を引かれ、若干バランスを崩しながらもユノアに続いた。ユノアの目的は露店の端で売られている串焼きらしい。牛肉をかたまりごと串に刺しているそれは確かに見た目ジューシーで、いかにも男性が好みそうなものだった。

ユノアは私の制止にちらりと振り向いたが、人懐こい笑みを浮かべる。

「エアリエルも食べてみましょうよ！　きっと美味しいですよ」

「え、いやあの、私はもうおなかいっぱいで……」

そもそもさっき夕ご飯を食べたばかりだ。もう入らない。

そう思ってユノアを見たが、ユノアは目を輝かせて串焼きを見ていた。華奢《きゃしゃ》そうに見えるけれど、ユノアは思った以上に食べるらしい。


「罠にかかった？」

――時は少し戻り、食事処を出てすぐ。フェリアルとライアンがアリエアたちと別れた後。

フェリアルにそう告げられたライアンは訝しげに聞き返した。それにフェリアルは短く頷く。

「ああ。魔力検知の罠を張っておいた。それに今、反応があったんだ」

「魔力検知……って、ああ。あのとき。きみ、そんな余裕があったんだな」

ライアンの言うあのときとは、フェリアルがあやつられた人々の糸を切ったときのことだ。

あれはおそらく魔法――広範囲魔法で一気に叩いたのだろうとライアンは思っていた。

しかし実際には、フェリアルはその攻撃を仕掛けると同時に魔力の使い手を逆探知したらしい。そして魔力探知の罠も放ったということか。

さすが、王太子というべきか。

王位継承者とは名ばかりではないのだとライアンは思った。

そして、ライアンはそんなフェリアルが正直気に食わなかった。理由は単純だ。彼が――、

「攻撃と同時に防御魔法も放つ。戦闘において基本だろう」

「それで？　なにが引っかかった」

ライアンの促しに、ちらりとフェリアルはライアンを見た。そして先を急ぎながら言葉を続ける。

「魔力展開だ。あの女が、また魔法を使おうとしている」

「……しかし、妙だな。彼女は直前に補強魔法を使っていた。補強魔法はおいそれと使えるものじゃない。魔力枯渇でしばらくは動けなくなると思っていたが」

「組織が関与しているだろうな。間違いなく」

「なるほどな。そっちは着手済なのか？」

「いや、今探らせている途中だ。だが、もうリームアにはいないだろう」

フェリアルが答えて、足を止めた。どうやらここが魔力探知に引っかかった場所らしい。

それは町外れの空き家だった。フェリアルは静かに玄関に近づくと、勢いよく扉を開けた。と同時に、魔力爆発の予兆である閃光が室内からあふれ出した。

「引け、フェリアル！」

ライアンが叫ぶ。この距離で爆発を受ければ無傷では済まない。軽傷で済めば御《おん》の字だが、

爆発の威力によっては命すら危ない。フェリアルは小さく舌打ちをすると素早く魔法を唱えた。

「遮《ディア》」

呟《つぶや》いたとほぼ同時。大爆発が空き家を中心に起きて、その場に光の壁が天高く伸びた。

――ドォオオンッ！

凄まじい轟音《ごうおん》が響く。フェリアルが咄嗟に張った光の壁にヒビが入り、爆風が収束するにつれそのヒビは広がった。やがてバラバラと光の壁は崩れ、残骸だけとなった。

ライアンはそれを見届けると、フェリアルに言った。

「きみ……今のは完全な魔法じゃないな」

「もとから保守《キープ》してる魔法だよ。簡単なのはいつでも引き出せるようにしている。これでも命を狙われやすい立場だからな」

簡単には言うが、それができる奴は少ない。それを知っての発言なのか。

ライアンはその熊の仮面の下からフェリアルを見た。最初から疑問に思っていた。フェリアルのこの異常なまでの魔力量。それは指輪持ちであるライアンにだって引けを取らない。

この男の魔力はそこらの人とは違う。指輪がないのに、この魔力。

本来ならあり得ない話だ。いや、そもそも彼の――リームアの地自体がおかしい。

代々リームア王家に受け継がれるvier《フィーア》の指輪。

neun《ノイン》の指輪もsechs《ゼクス》の指輪も、代々持ち主は男だ。だけどvier《フィーア》の指輪だけは代々その持ち主は女性。本来は男性が持つ指輪を、なんらかの理由があって女性が持っているのだとしたら……。

そう考え込んでいたライアンだったが、フェリアルが瓦礫《がれき》を踏みながら崩れかけた家の中に入ろうとしているのを見て、はっと思考を切り換える。

フェリアルに続きライアンもまた中に入るが、そこに人影はない。

「……逃げたか」

ライアンが呟《つぶや》くと、フェリアルは部屋の隅に膝をついた。そしてライアンに声をかける。

「いいや、これを見ろ」

フェリアルの言葉に従って視線を下ろすと、そこには黒い染みができていた。室内の一角、そこだけなにかが燃えたような跡がある。黒ずんだそれを見ながらフェリアルが静かに呟《つぶや》いた。

「……自爆魔法？　いや、これは……」

「死んだ……ようには見えるがな」

なによりあの大爆発だ。中に人がいればひとたまりもないだろう。ライアンはくるりと室内を見渡したが、それらしいものはない。楕円形に広がる謎の黒い染み。そして、いるはずの人間がここにはいない。そこから導き出される答えは、先ほどの爆発で焼失した、ということだが――、

「なんだか釈然としないな」

「……あの女は組織と手を組んでいる。万が一はあり得るだろうな」

そう言い、フェリアルは立ち上がった。ポケットから懐中時計を取り出せばもうだいぶ時間が経っている。アリエアたちも宿に戻っていることだろう。ここにはもうなんの情報もないようだし、これ以上ここにいても仕方ない。

こうしてライアンとフェリアルはそのまま宿へと戻った。


「ユノア、もう戻りましょうよ」

一方、私たちはいまだに街を歩いていた。先ほどの大爆発といい、なにかおかしい。私としては一刻も早く宿に戻りたかったのだが、しかしユノアの街巡りは止まらない。あちこちに目線を移しては、食べ物を買い込んでいく。

そして大量の食べ物はその場でユノアの胃に消えていく。脅威の胃袋だった。この人、どれだけ食べるの……。

私が声をかけると、五つ目の揚げ餅を口にしながら、ユノアが振り返った。私はユノアの食べっぷりを見ているだけで気分が悪くなってくる思いだというのに、この人はまだ食べるのか。さっき夕食食べたわよね？　ユノアも結構食べていたように思う。それなのにまだ次々と違う品に手を伸ばすユノアに感嘆の思いを抱かざるを得ない。

「さっきの爆発、なんでしょうね？　向こうのほうから聞こえましたけど」

「わからないわ。でも、嫌な予感がするの。早く戻りましょう」

「そうですね。じゃあこの魚介詰め合わせセットを買ったら戻りましょう。あ、エアリエルもいりますか？」

「いらないわ……」

というより、まだ食べるのか……。実に私の一日分の食事量に値すると思う。

私はユノアの会計を待ちながら、爆発のあったほうを見た。

凄まじい轟音だった。ここまで聞こえてくるほどの爆音に、天高く伸びる光の壁。あれは間違いなく魔法だった。まさか、フェリアルとライアンが誰かと戦っているのだろうか。

胸がザワザワとして落ち着かない。一刻も早く、宿に戻りたかった。

私たちが宿に戻ると、受付の女性が「お連れ様は既にお戻りです」と教えてくれた。

どうやらライアンとフェリアルは既に戻ってきているようだ。私たちのほうが帰りが遅かったということか。

私とユノアはまず私の部屋に向かったが、二人の姿はない。

「隣ですかね」

「行ってみましょう」

ユノアに続いて、私もまた隣の部屋に向かう。そして、隣の部屋の扉を開いたとき、

「――あ」

中を見て、息を呑んだ。

フェリアルが、ライアンの仮面を取っていた。フェリアルの右手にはライアンの熊の仮面が握られていて、仮面を取られたライアンは髪の毛が僅かに乱れていた。

二人は無言だった。ちらりと私のほうを見たものの、彼らは口を開かない。

気まずい沈黙が部屋に漂う。フェリアルはじっとライアンを見ていた。ライアンもまた、フェリアルを見ている。

その空気を破ったのは、ユノアだった。

「あれ？　結局取っちゃったんですね。思ったより綺麗な顔してるじゃないですか。もっと見せられない火傷の跡とか、傷跡とか。そういうのがあるんだと思ってました」

「……それは期待に添えなくてすまなかったな。突然こいつが剝ぎ取ってきたんだよ。なんの断りもなくなっ」

ライアンがフェリアルの手から熊の仮面を取り返す。そしてまた被ろうとして、おもむろにそれをベッドに投げた。どうやらもうつける気はないらしい。ライアンはため息を吐いて頭をかく。編まれた三つ編みはかなり乱れていて、あちこちから毛束がはみ出している。

フェリアルはそんなライアンを見ていたが、やがて口を開いた。

「そうかと思っていたが……隠すのが下手だな」

「悪かったな。きみみたいに頭が回らないんだよ、こっちは。生まれつきじゃないからな」

二人はよくわからない会話をしていたが、やがてフェリアルがため息混じりに言った。

「悪態をつくのはいいが、きみこそこんなところにいていいのか？　ライアン――いや、アシェル・ディアルセイ。アシェル皇太子と言ったほうがいいか？」

「なっ……」

思わず声を漏らしたのは私だった。それを聞いて、ライアン――いや、アシェル皇太子殿下？が嫌そうな顔をする。

そして近くの椅子にどかっと座ると、ため息を吐いた。ユノアは壁に背中を預けると、私同様、驚いた声を出した。

「へぇ、皇太子殿下でしたか。すごい巡り合わせですねぇ。リームアの王太子とディアルセイの皇太子が相まみえる、って。公務でもないのに」

「……だから嫌だったんだ」

「……ライアン、あの」

ライアン、と今も呼んでいいのか。そう思いながら声をかける。今まで知っていたはずのライアンがいなくなりそうで、不安になって声をかけたのかもしれなかった。

ライアンは私を見ると、安心させるように笑った。その表情は確かに変わらない、ライアンのものだった。

「そうだ、俺の名前はアシェル・ディアルセイ。ディアルセイ帝国の第二皇子で、それで今の皇太子だ」

「第二皇子……？」

「第二皇子なのに皇太子って、変わってますね」

私の言葉の後にユノアが続く。その言葉にぎくりとする。それは聞いていいことなのか。

ライアンは自分のことを訳ありだと言っていた。それはつまり、皇位継承権の問題で、ということだろうか。そうだわ、ライアンは人に追われている……だったかしら。そんなことも言っていたような気がする。

しかしライアンは小さく笑うだけだった。

「ああ。元々は兄上が皇太子だったんだがな。体調を崩して、今は俺が皇太子さ」

「……指輪のせいか」

フェリアルが呟《つぶや》く。それに、ライアンは頷いて答えた。

指輪の……せい？　そして、はっと気がついた。

指輪は人の魔力を食って、その封印を守っている。ライアンの兄君もまた、指輪の犠牲になったということなのだろうか。

「しかしきみ、なんで気がついた？　気付かれないように注意は払っていたんだがな」

「ヒントはたくさんあったさ。まず、一番のきっかけはその指輪だな。きみは『因縁を断ち切らなくてはならない』と、そう言ったな。それで気がついたんだ。元々指輪は王族に伝わるもの。neun《ノイン》の指輪もそうかはわからなかったが、きみの言葉で、もしかしたらそうなのかもしれないと思った」

「ああ、だからきみ……」

ライアンが納得がいったように呟《つぶや》く。それに、私も記憶を掘り起こした。そうだわ、たしかそのとき二人は——、

『言っただろう。俺もまた魔力欠乏症だ。それに加えて、この指輪の因縁も断ち切らなきゃいけないしな』

『ああ……。この指輪が消えない限り、延々と続いてくからな。……なるほど。そうか、きみ』

そういえば、フェリアルはなにかを言いかけていた。その後たしかユノアが部屋にやってきて、会話は中断されてしまったけれど……。その後は『そうか、きみ、ディアルセイの皇族だな』……とか、そういう言葉が続いたのだろうか。そう思いながら二人を見る。

フェリアルはなおも言葉を続けた。

「そして、二つ目。これは僕にも言えることだが……仕草だ。主に食事作法。きみの食事の仕方は、綺麗すぎる。それはしっかりと食事作法を習った者以外ではあり得ない。貴族か、王族……もしかしたら聖職者の可能性もあったが、きみが指輪の持ち主である以上、その可能性は低い」

「……なるほどな。それで、リームアの王太子、きみはどうする？　俺はリームアとあまり仲のよくないディアルセイ帝国の皇太子だ。やっぱり旅の連れはやめるか？」

ディアルセイとリームア。お互いに距離を取っている大国同士だ。大国だからこそ、余計な諍いが起きないように互いに注意をしている。そして、不可侵条約を結んでいるとはいえ国同士の関係はあまりよくない……。

私はそっと二人のやり取りを見守った。ユノアも同じく口を噤《つぐ》んでいるが、果たして彼も私と同じ気持ちなのか。

「関係ないな。きみがどこの誰かは興味がない。僕が知りたかったのはきみが安全な人間かどうか、それだけだ」

「……へぇ」

「少なくとも熊の面をしている謎の人物より、素性のハッキリしているきみのほうがまだいい」

フェリアルは短くそうまとめると、ようやく踵を返した。そして部屋を出る際にユノアに話しかけた。

「ユノア、報告を」

「かしこまりました」

そしてフェリアルがそのまま部屋を出ようとしたそのとき、一瞬視線が合った。一瞬だったにもかかわらず、なぜかどきりとする。

しかしフェリアルはすぐに部屋を出ていってしまった。一言も話さなかった。

「……」

ばたん、と扉が閉まる。残されたのはライアンと私のふたりだ。

私はライアンの傍まで歩き、目の前に立つ。

「……ライアン」

「なんだ？」

その声はいつもどおりで、それに安堵する。私はそっと息を吐くと、彼に問いかけた。

「私、これからあなたのことなんて呼べばいいの？」

「好きにすればいい、と言いたいが……あいにく俺も隠れなければならない人間だからな。外ではいつもどおり呼んでくれ」

「ライアン？」

「そうだ」

私は少しだけ黙った。そして、思い切って口を開く。

「あなたは、第二皇子なのよね？」

「……さっきの話か」

「うん。第一皇子は……」

聞くと、ライアンはおもむろに自分の髪をほどいた。腰まである長い銀髪がぱらぱらと広がる。彼は手で簡単に髪をまとめると、慣れた手つきで髪を編みはじめた。やはり自分で編んでいるらしい。器用なものだと思う。

「死んではない。だけど、いつ死んでもおかしくない状態ではあるな」

ライアンは髪を編みながら淡々と答えた。いつ死んでもおかしくない……。私はそれを聞いて、思わず彼の顔を見た。ライアンは手を動かしながらそのまま言葉を続ける。

「形式上、一応俺が皇太子の座に収まっているが、今もなお、勢力争いは凄まじい。俺が旅を始めたのは指輪を探すためだったが、それでも暗殺者は仕向けられているからな。熊の面と《そ》《れ》ローブは、隠れ蓑《みの》みたいなものだ」

「そうなんだ……」

「ま、そういう話だ。こんなにあっけなくバレるとは思わなかったが、あの男恐ろしいな。いきなり面を取ってくるとは思わなかった」

ライアンはそう結ぶと、ついで編み終えた髪先を紐で括《くく》りはじめた。ライアン――彼の本当の名は、アシェル。アシェル・ディアルセイ……。それがなんだかライアンとつながらない。

ライアンは髪をまとめ終えると、私に話しかけてきた。

「さて、それじゃあそろそろ寝るか。明日も早い。ここからは船旅になるからな。よく寝ておいたほうがいい」

「ねえ、ライアン」

「うん？」

私が話しかけると、ライアンは既に寝る準備を始めていた。掛け布団を整えるライアンに、私は言葉を続けた。

「あなたが指輪を探しているのは……お兄様のため？」

言うと、ライアンは一瞬手の動きを止めた。そして、どこか哀しげな——自嘲《じちょう》するような笑みを浮かべる。

彼は布団から手を離すと、おもむろに私の頭に手を置いた。そして数回撫でられる。最近気がついたことだが、ライアンはよく人の頭を撫でる。弟や妹がいたのだろうか。

「そんな大層な理由じゃない」

「え……」

「とにかく今日はもう遅い。なにか他に聞きたいことがあるなら、まとめて明日にしてくれ。きみも眠いだろう？　今日はいろいろあったからな」

ライアンはそうまとめると、さっさと私を部屋から追い出した。

「じゃあ、おやすみ」

「お、おやすみなさい……」

今、ライアンは明らかにおかしかった。はぐらかされた？

……ライアンは、他にも隠していることがある。そんな気がした。

閉じられた扉の前で呆然としていると、ふと人の気配を感じて振り返る。そこにはフェリアルがいた。

「……フェリアル」

「すまない。驚かせたかな」

「いいえ。それより、どうかしたんですか？」

フェリアルは僅かに口元に笑みを浮かべた。

「少し、いいかな。きみに話したいことがある」

フェリアルに連れられて、私は彼の部屋へと向かった。こんな時間に異性と二人きりになるのははばかられるが、フェリアルの様子からして、話したいことというのは以前の私についてだろうし、それはそのあたりでできる話ではない。

外で話そうにもどこに彼女――クリスティがいるかもわからない。そしてライアンに差し向けられているという暗殺者がいつ仕掛けてくるかもわからない。安全面からいえば、宿の中が一番いいのだ。

フェリアルとユノアは私の隣に部屋を取ったようだった。フェリアルが部屋に入るのに続いて、私も中に入る。

フェリアルに――彼に言われたから、とりあえずはついてきたものの……。

今更ながら、私は彼の婚約者だったのだと思い出す。今、私がフェリアルをどう思っているのかは自分でもわからない。なにより、彼と関係性を築くにはまだ時間が短すぎる。私はまだ彼のなにも知らない。

窓の外を見れば、ふわりふわりと雪が降ってきていた。室内は暖炉《だんろ》に火があるから寒くないが、外はかなり冷え込んでいるだろう。

私が扉を閉めると、フェリアルが振り返った。そして、呟《つぶや》いた。

「会いたかった」

「……」

身を切られるような、切ない声。私はそれを聞いて、思わず自分の胸を押さえた。以前の私とフェリアルの関係性はわからない。それでも。彼が私を強く想ってくれているということだけはその声でわかった。

思わず視線をそらす。そうしていると、フェリアルが言葉を続けた。

「アリエア。きみが……きみが生きていて、よかった」

「……あの、」

「vier《フィーア》の指輪が戻ってきていないから、きみは生きているとわかっていた。だけど……それでも、もしかしたら、と思わずにはいられなかった。僕は、きみを失っては生きていけない。……アリエア、きみを愛している」

「……っあの！」

フェリアルの言葉を聞きながら、思わず顔を上げた。耐えきれなかった。フェリアルのその愛の言葉は、今の私に向けられたものではない。前の――記憶をなくす前の私に、向けられた言葉だ。その言葉は、今の私では受け取れない。そう思って顔を上げて――息を呑んだ。

フェリアルは今にも泣きそうな、いや、泣き笑いのような。切なくて、苦しそうな顔をしていた。

フェリアルは私と視線が絡むと、こちらにそっと歩いてきた。私は動くこともできず、フェリアルを見ている。

どうして、そんな顔をするの……。

フェリアルは私の前に立つと、そっと私の頰に手を伸ばす。だけどその手は頰には触れずに、僅かに移動する。そして、私の髪先にそっと触れた。

「……すまなかった」

「やめ、やめてください。フェリアルは悪くありません……」

「いや、悪いよ。僕は、この事態に気付けなかった。きみの魔力欠乏症。きみの様子がおかしいことには気がついていたのに、それに気付けなかった。僕は、愚か者だ。罵ってくれていい」

「……フェリアル」

そんなこと言われても、今の私にはなにも言えない。フェリアルが悪いとは言えなかった。

黙った私は、そのまま首を横に振った。

フェリアルは私のことを見ていたが、やがて小さく笑みを浮かべた。今にも崩れそうな、悲しげな笑みだ。それを見ていると、胸が締めつけられる。

「……アリエア。髪を、どうしたの？」

「髪、ですか……？」

「きみの髪は、もっと長かった。……誰に切られた？」

穏やかなのに、どこか抑えたようなその声に、ぞくりとする。

私はまたしても首を横に振って答える。覚えていない。覚えていないのだ。気がついたときには、私は既にこの髪の長さだった。

「わかりません。私が、気がついたときにはこの長さで……」

「……そう」

言うと、フェリアルは手を下ろした。肌に触れそうで、触れなかったフェリアルの気遣いに、心遣いに、また少し胸が痛む。

フェリアルは——彼は本当に、私のことが好きだったんだ……。

私はそれを知って、小さく唇を噛んだ。私は？　今の私は……彼をどう思っているのかわからない。彼を知らないから。愛より、好きという感情より、彼のことをなにも知らない。

「アリエア。きみは？　なにか、僕に聞きたいことがあるんじゃないかな」

「あ……」

その言葉に顔を上げる。そのとおりだった。私はフェリアルに、聞きたいことがある。以前の私のことについて。

私はフェリアルの瞳を見ながら口を開いた。部屋の中が暗いからだろうか。少しだけ落ち着かない。

「私は……私は、誰だったのですか……」

なんて聞けばいいかわからず、妙な質問をしてしまう。だけどフェリアルはそれを聞いて、僅かに目を伏せてから教えてくれた。

「きみの名前は――アリエア・ビューフィティ。ビューフィティ公爵家の一人娘で、そして僕の婚約者だった。今年、十六になったばかりだ」

「アリエア……ビューフィティ……」

そして公爵家の、娘……。あまり実感は湧かない。私が、公爵家の娘で、そして王太子の婚約者だった。その言葉を復唱していると、フェリアルが続けた。

「……もっとも、家の事情はあまりよくなかったようだ」

「家の……事情？」

「ビューフィティ公爵夫妻は、なによりも肩書きと見栄を大事にする人間でね。きみのことを権力を握るための道具としか思っていないことにはすぐに気がついた。あんなにあからさまにされれば、誰だって気付くよね」

「……私の両親は、あまりいい人間ではなかったと？」

聞くと、フェリアルは小さく頷いた。

私の両親……。一体どういう人たちなのだろう。思い出そうにも、その人となりも、全く思い出せない。記憶のひと欠片だって探し出せなかった。

「それも、あと少しで片付くはずだったんだ。きみが僕と正式に婚姻を結べば、きみは公爵令嬢ではなくなり、王太子妃になる。……わかる？」

「……両親の束縛から、解放される？」

恐る恐る言うと、フェリアルはふわりと笑った。その柔らかい表情に、胸が少しはねた。

フェリアルは柔らかい雰囲気を持っている人間だと思う。ライアンが飄々とした掴みどころのない人間なら、フェリアルはおおらかな優しさを持った人間だと思う。それはフェリアルがそう見せているからか、私が相手だからなのかはわからないけれど。

「そう。きみが王太子妃になれば、もう公爵家の力は及ばない。実際、そうなるように手筈《てはず》は整えていたんだ、だけど……」

「その前に、私が攫《さら》われてしまった？」

フェリアルは静かに頷いた。

私はフェリアルの話を聞きながら、これまでのことを脳内に並べていく。私は元々は公爵令嬢で、そして王太子の婚約者だった。だけど何者かに攫《さら》われ、リマンダの街に捨てられた。

私はフェリアルを見ると、さらに質問を重ねた。

「フェリアルは……私の様子がおかしかった、って言いましたよね」

「ん？　うん。そうだね」

「それはどういう……？　私は、どんな感じで様子がおかしかったのですか？」

聞くと、フェリアルはどこか言いにくそうな顔をした。聞いちゃいけないことだったのかしら……。そう思っていると、フェリアルが目を伏せた。そして、先ほどのそれがまるで見間違いだったのかと思うほど、ゆったりとした笑顔を見せた。

この人、表情を隠すのがとてもうまいんだわ……。そう思いながらフェリアルの言葉を待つ。

「そうだね……。口数が少なかったかな。それと……僕とあまり、目を合わせなかった」

「……？」

それは……なんだか、私が彼を嫌いになったかのような態度だ。私の言いたいことに気がついたのだろう。フェリアルも小さく笑った。

「クリスティがね。彼女が僕に言ったんだ。アリエアは僕との婚約を破棄したがっていたと」

「そんな！　まさか……」

否定したかったけれど、だけど、そんなことはない、とは言い切れなかった。だって、私は知らない。なにを思ってフェリアルに冷たい態度を取ったのか。なにを思って、フェリアルに素っ気なくなったのか。それを私は知らないからこそ、勝手なことは言えない。

咄嗟に口を噤んだ私を見て、フェリアルはまたしても笑う。

「伝えてきたのが彼女だからね。鵜呑《うの》みにはしなかったけれど。だけどアリエアが、きみがなにかを考えて、そして悩んでいたのは知っていた」

「……フェリアル」

「だから、聞こうと思っていたんだ。きみに。人からの伝聞ではなく、直接きみに聞こうと思っていた」

フェリアルはクリスティからその話を聞いてもなお、私を信頼していた、ということなのだろうか。私がどう思っているかは、私に直接聞く。そう、フェリアルは答えたのだ。

私はなんとも言えない気持ちになって、俯いた。これ以上フェリアルの顔を見ていられなかった。

フェリアルはそんな私を見ていたが、やがて言葉を続けた。

「アリエア。僕はきみのことが好きだ。それは、きみが記憶を失ってもなお、変わらない」

「……でも、」

私は、あなたのことを知らない。

覚えてもいない。この記憶が戻るかどうかは、わからない。いつか戻るかもしれない。だけど、戻らないかもしれない。それは、わからない。

私が顔を上げると、フェリアルは思った以上に真剣な顔をしていた。思わず息を呑む。

「……そうだね。だけど、きみは、覚えていない。今のきみは、なにも知らない。そうだね？」

「……はい」

言うと、フェリアルは薄く唇に笑みを見せた。それにどきりとする。

「僕は、待つつもりだった。きみが思い出してくれるまで——いや、思い出さなくてもいい。きみがまた、僕を好きと言ってくれる、そのときまで。でもそれじゃダメだね。アリエア、タイムリミットを決めよう」

「タイム……リミット？」

私が聞くと、フェリアルは頷いて答えた。

「タイムリミットはこの旅の終わりまで。この旅が終わるまでに、アリエアは答えを出して欲しい。それがどんな答えでも僕は受け入れようと思う。だから、アリエア。きみも、真剣に考えてくれる？」

その言葉に、私は頷く以外の選択肢を持たなかった。

答え——それは、フェリアルと共にリームアに戻るかどうか。そして、王太子妃になるかどうか、ということだろう。突拍子もない話にも思えるが、私が彼の婚約者ということであれば、考えなければならないことなのだろう。

私が黙ると、フェリアルがまた小さく笑った。

「そんなに悩まなくていいよ。僕は、きみを困らせるためにこの話をしたんじゃない」

「……フェリアル」

「だけど、覚えていて。僕は、きみが好きだ。十六年間、きみと婚姻を結ぶ日だけを夢見て生きてきた。……だから、最後まであがかせてほしい。……ダメかな」

「ダメ、では……」

「ありがとう。……それじゃあ、そろそろ寝ようか。ごめんね、遅い時間になってしまった」

フェリアルの言葉に、私も壁にかけられた時計を見た。確かにもうかなり遅い時間だ。

私はちらりとフェリアルを見た。フェリアルは、私を好きだと言った――。だけどそれは、以前の私だ。今の私ではない。

それがどうしても、引っかかった。

書き下ろし
番外編

前の指輪の持ち主

これは呪いの指輪だ。私を不幸にする指輪だ。

十六で婚姻を結び、王家に嫁いだはいいものの、私より十歳上の夫は私に見向きもしなかった。初夜でさえ彼は私の部屋を訪れず愛人と楽しんでいたというのだから自嘲の笑いすらも浮かばない。

以前夫に言われた言葉を思い出す。

「ガキには興味ない」

そう言われたとき、私はこの人生がハズレだったことを知った。

ビューフィティ家に生まれて十六年。上の兄は昔から権力と見栄のためだけに生きてきたような男で、私には欠片の興味もなかった。

加えて私は母違いの庶子である。父親が流れの娼婦に産ませてできた子が私。

父は私の存在を認知することを嫌がったが、母が儚くなり、どうしようもなくなると私を渋々引き取ったらしい。そうしないと世間の目が辛かったのだろう。見栄だけは張りたい人だったから、きっと批判されるのを恐れたのだ。こんな人でなしな部分を兄はよく受け継いでいる。

本妻である義母は私の存在をよく思っていない。昔から陰湿な嫌がらせはもちろん、行き過ぎたしつけも受けてきた。

なんのために生きているのだろう。わからない。この呪われた指輪もなんなのだろう。

vier《フィーア》の指輪。そう刻まれたそれは、物心がついたときから私と共にあった。

価値も出処もわからない。怖くて土に埋めても、次の日には指にきちんとはまっている。気持ち悪くて怖くて恐ろしくて、何度も指輪を壊そうとした。しかし、壊れない。耐久性がすごいのか。壊れないのだ。暖炉に入れても質に出しても戻ってくる。怖い。これは呪われている。

私はふと自室の窓を見上げた。夫に離宮を与えられたのは体《てい》のいい厄介払いだと私は知っている。女好きでどうしようもない夫からあてがわれた、軟禁場所。私はそこで独り寂しく終わりを待つことしかできない。

夫は、公爵の庶子でしかも出自の卑しい私と婚姻を結ぶのをひどく嫌がっていた。バカにされていると感じたらしい。侮蔑と嫌悪を顕にされ、夫婦関係などもてるはずもない。きっとこの人生はハズレなのだ。

私は窓をからりと開けた。綺麗な満月だった。

「……そういえば、あの人の奥さん、子供できたんだっけ……」

兄の奥様が妊娠したとメイドたちが噂をしていた。名前は既に決められており、アリエア、だとか。きっと私とは会うことのないその子の顔を思い浮かべる。

ビューフィティ家は呪われている。薄命なのだ、主に女性が。時々、著しく短命な女性がいる。確か叔母様。彼女もまた十五になるのを待たずに亡くなったと聞いている。その前は祖父の三番目の妹。それもまた十六で亡くなったとか。

きっと、今度は私なのだろう。最近、ここ数日。妙に息苦しく目眩がして、体調が芳しくない。昨日はついに吐血したし、昨日からなにも食べていないのに今は食欲すらない。そして、先ほどから音が聞こえない。静かな世界。なにも聞こえない。目眩がして、ぐらぐら揺れて、それでも私は最後になんとなく窓の外の満月へと手を伸ばした。その手には、やはりあの忌々しい透明な指輪が飾られている。

vier《フィーア》の指輪――呪いの指輪。

こんなの、消えてしまえばいいのに。気持ち悪い。これが、きっと私を不幸にした。薄気味悪さから私は苛立ちをぶつけるようにそう詰った。次の瞬間、もう視界が反転していた。

窓から落ちた――そう気付いたときには、目の前に広がるのはいっぱいの満月。やっぱりお兄様の子供には会えなかった。アリエア・ビューフィティ。それが私の姪の名前なのか。なんのために生まれてきたかわからない私の代わりに、その子は。少しでも幸せになれたらいい。

まあ。

「あの人の子である以上、茨《いばら》の道かもね」

独り言のように呟いて、凄まじい衝撃。首が熱い。骨が折れた？　五階の窓から落ちたわりにすぐには死ねなかったらしい。痛みは感じない。これも、体調不良のせい？　だけどじわじわ眠りに落ちるような感覚が襲ってきた。ああ、これで——。

「さよならできる」

この忌々しい指輪とも。あの忌々しい家からも。なにもかもから。私は自由になれるのだ。

あとがき

はじめまして。本作をお手に取っていただきまことにありがとうございます。

今作は三角関係のお話となります。あれ、前作も三角関係だったな…………。

ともあれ、手に取ってくださった方が少しでも楽しめる内容になっていましたら幸いです！

『フィナーレ』は、もともと中学生の時に書いていた小説を久しぶりに読み返したことがきっかけで生まれたお話です。いわゆる過去作のリメイクです。と言っても中学生の時に書いていたのはもう少し硬めの世界観で、ヒロインが婚約者を救うために尽力する話でした（笑）。

『フィナーレ』と被っているのは透明の指輪が出てくるところくらいかな……今回は設定を凝りすぎて最終的に自分の首を絞めないか心配です。自分の脳容量と相談しつつストーリーを展開していけたらと思います。

学生の頃、実は密かに作家さんに憧れていました。まさか大人になって自分が本を出せるようになるとは、感無量です。人生って何が起きるかわかりませんね……。

今作では魔法の呪文をたくさん出せて、考えていてとても楽しかったです。

また、イラストレーターの八美☆わん先生から挿絵、表紙絵、口絵をいただいた時は、あまりの美麗さにびっくりしてしまいました。特にライアンが私の想像どおりでした。いや、想像よりも綺麗かもしれない！

今回の本で二作目となる私ですが、経験も浅く未熟な点が多く、学ぶことが多くありました。面白い小説を書くためには頭の良さが必須なんだな……と最近になって気づき、学生の頃もっと勉強しておけばよかったと若干後悔しています。

原稿作業では担当さんにとても助けられました。私の誤字や誤用など、的確に修正してくださり本当にありがとうございます。担当さんにご迷惑ばかりおかけした原稿作業ではありますが、無事発売に至りほっとしています……（笑）。

2巻では最後の指輪、ゼクスの指輪の持ち主が出てきたりします。アリエアの呪いの正体や、ライアンがなぜ皇太子なのか……というところも書けたらいいなと思っています。2巻のほうも原稿作業、頑張ります！　恐らくこの本が出る頃には頑張って執筆しているんじゃないかな……！

タイトルの『フィナーレは飾れない』ですが、侍女クリスティの「フィナーレは飾らせない」というセリフから来ています。

このお話が最終的にどこに向かうのか、私もまだ全て考えているわけではありませんが、ライアン、フェリアル、アリエアとともに納得できる結末に出来たらいいなと思います。

2巻も是非、よろしくお願いいたします。お手に取っていただきありがとうございました。

ごろごろみかん。

この本を読んでのご意見・ご感想・ファンレターをお待ちしております。
〈宛先〉　〒104-8357　東京都中央区京橋 3-5-7
　　　　　（株）主婦と生活社　PASH！編集部
　　　　　「ごろごろみかん。先生」係
※本書は「小説家になろう」（https://syosetu.com）に掲載されていたものを、改稿のうえ書籍化したものです。

PASH!ブックス

フィナーレは飾れない

2021年7月12日　1刷発行

著　者　ごろごろみかん。
編集人　春名 衛
発行人　倉次辰男
発行所　株式会社主婦と生活社
〒104-8357　東京都中央区京橋 3-5-7
03-3563-5315（編集）
03-3563-5121（販売）
03-3563-5125（生産）
ホームページ　https://www.shufu.co.jp
製版所　株式会社二葉企画
印刷所　大日本印刷株式会社
製本所　共同製本株式会社
イラスト　八美☆わん
デザイン　井上南子
編集　黒田可菜

　ISBN978-4-391-15587-7